KB092963

동심의 눈으로 바라보는 세상

아동청소년문학도서관 ❽

동심의 눈으로 바라보는 세상

펴낸날 초판 1쇄 2011년 2월 25일
지은이 황수대 **| 펴낸이** 신형건
펴낸곳 (주)푸른책들 **| 등록** 제321-2008-00155호
주소 서울특별시 서초구 양재천로7길 16 푸르니빌딩 (양재동 115-6) (우)137-891
전화 02-581-0334~5 **| 팩스** 02-582-0648
홈페이지 www.prooni.com **| 이메일** prooni@prooni.com

ⓒ 황수대, 2011
ISBN 978-89-5798-265-5 04800

＊잘못된 책은 구입한 곳에서 바꾸어 드립니다.
＊이 책 내용의 일부 또는 전부를 재사용하려면 반드시 저작권자와 (주)푸른책들 양측의
서면 동의를 얻어야 합니다.

이 도서의 국립중앙도서관 출판시도서목록(CIP)은 e-CIP 홈페이지(http://www.nl.go.kr/cip.php)에서
이용하실 수 있습니다.(CIP제어번호 : CIP2011000180)

동심의 눈으로
바라보는 세상

황수대 지음

푸른책들

우리 동시의 현황과 소통의 자리

등단 이후 쓴 글을 모아 첫 비평집을 펴낸다. 이 책에 실린 글은 몇 편을 제외하고는 이미 여러 지면에 발표했던 것이다. 그동안 동시와 동화, 청소년소설에 이르기까지 폭넓게 글을 써 왔다. 하지만 책으로 엮기 위해 지금까지 쓴 글을 한데 모아 놓으니 다른 장르에 비해 동시에 관한 글이 상대적으로 많았다. 아마도 동시 비평으로 첫 단추를 꿰다 보니 그렇게 된 것이 아닌가 싶다. 그래서 이번에는 동시와 관련한 글만을 추려 책을 내기로 하고, 나머지 글을 묶는 일은 다음 기회로 미루기로 했다.

솔직히 처음으로 펴내는 비평집인 만큼 기쁨이 크다. 하지만 그에 못지않게 부끄러움도 적지 않다. 이전에 쓴 글과 최근에 쓴 글 사이에 동시를 바라보는 관점이 통일되지 못하고, 대부분의 글이 현장 비평에만 머물러 있다는 생각이 든다. 좀 더 학술 연구에 치중하지 못한 점은 두고두고 아쉬운 대목이다. 이에 대해 굳이 변명을 하자면 아직 공부가 부족한 탓이리라.

그럼에도 이처럼 책을 펴내기로 결심한 것은 동화에 비해 상대적으로 관심이 적은 우리 동시의 현실을 조금이나마 개선해 보고 싶었기 때문이다. 1990년대 중반 이후 아동청소년문학의 비약적인 성장과 더불어 비평가의 역할 또한 그만큼 커졌다. 하지만 동화에 비해 동시를 전문적으로 비평하는 사람들은 여전히 소수에 불과하다. 사정이 그렇다 보니 아직은 우리 동시에 대한 객관적인 평가는 물론 심도 있는 논의를 기대하기 어려운 실정이다. 그때문에 막상 부끄러움을 무릅쓰고 책을 펴내기로 하였으나, 과연 그것이 얼마나 도움이 될 수 있을지는 의문이다.

1부에서는 시인론을 비롯해 현재 우리 동시의 현황을 파악해 볼 수 있는 글을 실었다. 「생태학적 상상력과 생태 동시의 양상」과 「이문구 동시의 생태학적 의미」는 21세기 최대 화두라 할 수 있는 환경문제의 심각성을 일깨우는 동시들이 독자와 어떻게 소통하고 있는지를 살펴본 글이다. 그리고 「서덕출 동시의 세계」, 「고정된 시각과 틀을 뛰어넘는 동심의 미학」, 「김은영 동시의 변모 양상과 문학적 의의」는 서덕출, 박방희, 김은영 이 세 시인의 시 세계를 이해하는 데 초점이 맞추어져 있다. 또한 「우리 동시의 현황과 전망」과 「동시와 판타지」는 현재 우리 동시의 문제점을 짚어 보고, 앞으로 어떤 방향으로 나아가야 할 것인지를 모색하고 있는 글이다.

2부에서는 최근에 나온 동시집을 중심으로 이들 동시집이 지닌 특성을 조망해 본 글을 실었다. 이들은 모두 본격 비평문이라기보다는 해설 또는 서평에 가까운 글이다. 「봄이 가까운 사람들」과 「자연과 일상의 구체적 체험과 관찰」은 성인시 분야에서 활동해 온 이정록, 이안 시인이 펴낸 동시집을 살펴본 것이다. 이를 통해 성인시를 주로 쓰던 시인들이 펴낸 동시집의 의미와 성과를 점검하고 있다. 「애잔하면서도 따뜻하고, 순박하면서도 정겨운」, 「어린이의 마음과 눈으로 보는 세상」은 중견시인 박혜선과 유은경의 신작 동시집에 대한 감상을 적고 있다. 「어머니 품처럼 크고 넉넉한 사랑」, 「하루하루 반성문을 쓰는 마음으로」, 「시를 읽는 즐거움」은 등단 이후 첫 동시집을 펴낸 시인들의 작품을 소개하고 있으며, 「새로움과 완숙함이 어우러진 동시의 세계」는 제5회 푸른문학상을 수상한 시인들의 작품을 검토하고 있다. 반면에 「상상력, 롤러코스터를 타다」는 실제 어린이가 쓴 시를 통해 어른들이 쓴 '동시'와 어린이가 쓴 '어린이시'가 어떻게 다른지를 비교하고 있다.

이처럼 이 비평집에 실린 글들은 사전에 계획된 것이 아니라서 그

구성 체계가 조금 산만하다는 느낌을 주기도 한다. 이것은 수록된 글 대부분이 외부 청탁에 의해서 씌어졌기 때문이다. 그럼에도 글을 쓸 당시에 선택된 동시집 및 시인들의 면모를 살펴보니 그동안 필자의 관심사가 무엇에 집중되었는지 어렴풋이나마 알 수 있을 것 같다. 즉, 사상적으로는 생태 문제에, 문학적으로는 우리 동시가 지닌 문제점과 발전 가능성에 무게 중심이 놓여 있다는 생각이 든다. 이 책을 통해 처음 발표되는 「김은영 동시의 변모 양상과 문학적 의의」, 「애잔하면서도 따뜻하고, 순박하면서도 정겨운」, 「자연과 일상의 구체적 체험과 관찰」도 마찬가지이다.

비평가로 첫발을 내딛으며 작가와 독자의 만남이 보다 원활해질 수 있도록 중간에서 멋지게 어시스트하는 사람이 되겠다고 생각한 적이 있다. 그 생각은 지금 이 순간에도 변함이 없다. 왜냐하면 오늘날 우리 문학이 침체하게 된 데에는 그 무엇보다 비평을 무기 삼아 온갖 전횡을 행사해 온 일부 비평가의 책임이 크다고 생각했기 때문이다. 하지만 그러한 분위기가 지속되는 한 문학의 질적 발전은 기대하기 어렵다. 따라서 비평가는 우선 내재적 비평에 충실해야 함은 물론 작가와 독자 간의 원활한 의사소통이 이루어질 수 있는 토양을 조성하는 데 노력을 기울일 필요가 있다.

더욱이 이 점은 아동청소년문학의 비평에 있어서 더욱 중요하다고 판단된다. 성인문학과 달리 아동청소년문학의 경우는 아직 문학적 소양이 부족한 어린이를 독자로 하는 까닭에 소통의 문제는 그 무엇보다 우선시하여 다룰 수밖에 없다. 지금까지 글을 쓰면서 늘 이 점을 마음속에 새겨 두긴 했지만, 막상 그동안 쓴 글을 다시 읽어 보니 아직 기대한 만큼의 수준에는 이르지 못한 것 같다. 또한 아이들과 어른들이 모두 부담 없이 읽을 수 있는 글을 쓰기 위해 나름대로 애를 썼지만, 그 역시도 아직은 갈 길이 멀게만 느껴진다.

첫 비평집인 만큼 여러 면에서 부족한 점이 곳곳에서 발견된다. 물론 '첫술에 배부르랴'는 말로 그와 같은 문제점을 합리화할 수도 있겠지만, 그마저도 사치라고 생각될 정도로 매번 글을 쓰면서 자신의 능력 부족을 절감하고는 한다. 따라서 이 점을 보완하기 위해서는 앞으로 더욱 열심히 공부하는 길 외에 특별한 다른 방도가 없을 듯하다. 부디 지금의 아쉬움이 양질의 거름이 되어 다음에 펴내게 될 책에서는 좀 더 알찬 열매를 맺을 수 있기를 고대해 본다.

이 책이 나오기까지 도움을 주신 분들이 참 많다. 아마도 그분들이 없었다면 필자는 물론 이 책의 존재 역시 힘들었을 것이다. 먼저 부족한 제자를 이 자리에 설 수 있도록 많은 가르침을 주신 고려대학교 문예창작학과 선생님들께 깊은 감사를 드린다. 특히 비평가의 길로 들어설 수 있도록 이끌어 주시고, 비평에 대한 안목을 키울 수 있도록 끝없이 격려해 주신 이혜원 교수님께 머리 숙여 감사드린다.

또한 도서관을 운영하던 시절부터 현재에 이르기까지 물심양면으로 든든한 후원자 역할을 해 주신 계룡문고의 이동선 사장님과 '책으로 만드는 아름다운 세상'의 송봉은 선생님, 그리고 부족한 글을 거두어 예쁘게 책으로 만들어 주신 '푸른책들'의 신형건 사장님과 편집팀의 최진우 님에게도 감사의 마음을 전한다. 끝으로 뒤늦은 공부에도 불평 한마디 없이 묵묵히 지켜봐 주신 어머니와 세상에서 가장 소중한 친구인 수왕, 가현, 범식에게 진심으로 사랑한다는 말을 전한다.

2011년 2월
황 수 대

| 차 례 |

제1부 우리 동시의 현황과 가능성

제2부 우리 동시집들의 성과와 의미

우리 동시의 현황과
가능성

생태학적 상상력과 **생태 동시의 양상**

1. 21세기 환경문제와 문학 생태학

지난 20세기 인류는 과학 기술과 자본주의 경제 발전에 힘입어 역사상 그 유래를 찾아볼 수 없는 물질적 풍요를 만끽했다. 하지만 무분별한 자연 파괴와 환경오염을 전제로 한 풍요로움은 오늘날 인류를 심각한 위기 상황으로 몰아가고 있다. 지난해 말 덴마크의 코펜하겐에서 열린 '제15차 유엔 기후변화협약 당사국총회'는 이제 더 이상 환경문제가 어느 한 개인이나 국가가 아닌 범지구적 차원에서 해결해야 할 중대한 문제임을 보여 주고 있다.

그러나 아직도 많은 사람들은 환경문제의 심각성을 깨닫지 못하고 있다. 자연 파괴와 환경오염으로 인한 이상기후들이 세계 곳곳에서 포착되고 있음에도, 그와 같은 위기 상황을 크게 인식하지 못하고 있는 실정이다. 이것은 과학 기술에 대한 맹신과 자본주의적 소비 욕망에 길들여진 삶의 방식과 전혀 무관하지 않아 보인다. 따라서 인류의 생존과 직결된 지금의 환경문제를 개선하기 위해서는 생태학적 상상력에 바탕을 둔 의식의 전환이 무엇보다 시급하다.

이 글에서는 그 점에 주목해 최근 발표된 동시집을 중심으로 문학 생태학[1]의 범주에 속하는 작품들을 살펴보려고 한다. 본래 문학 생태학의 이론적 배경은 생태학 이론을 철학에 적용한 '심층 생태학'과 사회학에 적용한 '사회 생태학'이다.[2] 심층 생태학은 모든 생물의 본질적 가치를 인정하고 인간과 자연을 분리시키지 않는 생태중시주의를 표방하고, 사회 생태학은 인구와 여러 제도의 동태와 지역적 배치의 관련성에 관한 규칙성을 찾아내는 데 관심을 갖는다.

따라서 이 글에서의 논의 역시 기본적으로 이들 이론에 기대고 있다. 다만 편의상 여기에서는 이른바 '생태 동시'라 부를 수 있는 동시들 가운데, 서로 내용이 비슷한 것들을 '환경 파괴의 주범, 자본주의에 대한 비판', '인간중심적 세계관에 대한 비판', '생물 평등주의의 지향'과 같이 셋으로 나누어 논의를 전개하려고 한다. 이를 통해 이들 동시가 어떤 방법으로 독자의 생태 의식을 고양시키고 있으며, 또한 오늘날의 환경문제를 극복하는 데 얼마나 기여할 수 있는지를 알아보려고 한다.

---

1 '문학 생태학'은 생물의 생활 상태 및 생물과 환경의 관계를 연구하는 생물학의 한 부문인 '생태학'과 '문학'이 결합되어 만들어진 용어로, 일반적으로 생태 의식을 일깨우고 생태학적 세계관을 보여 주는 문학을 가리킨다.

2 김욱동, 「문학 생태학이란 무엇인가」, 『문학 생태학을 위하여』, 민음사, 1998, 32쪽.

2. 환경 파괴의 주범, 자본주의에 대한 비판

오늘날의 환경 위기를 불러온 가장 근본적인 원인 가운데 하나가 자본주의라는 점에 이의를 제기할 사람은 많지 않은 것 같다. 잘 알다시피 산업혁명과 더불어 시작된 자본주의는 대량생산과 대량소비에 의해 작동되는 까닭에 자본주의가 지속되는 한 자연 파괴와 환경오염은 불가피할 수밖에 없다. 그때문에 많은 생태학자들이 자본주의를 오늘날의 환경 위기를 불러온 주범으로 지목하고 있다.

존 벨라미 포스터는 그 가운데 한 사람으로, 그는 "자본주의 경제는 무엇보다도 이윤 증가와 그에 따른 경제성장에 맞춰 작동한다. 경제성장을 위해서는 어떤 대가를 치르는데, 세계 인구 대다수를 착취하고 이들에게 고통을 안겨 주는 일도 포함된다. 성장을 향한 맹목적 돌진은 일반적으로 에너지와 자원을 급속히 흡수하고 더 많은 폐기물을 환경에 쏟아 부음을 뜻하며 결국 환경 파괴를 확대한다."[3]고 말한다. 즉, 자본주의와 생태계는 필연적으로 대립할 수밖에 없는 관계라는 것이다.

> 우리 작은아버지
> 농약 안 치고는
> 사과 한 개 열리지 않는다고
> 오늘도 사과밭에 뿌연 농약을 친다.
>
> 사과밭에 농약 치고 나면

---

3 존 벨라미 포스터, 추선영 옮김, 「자본주의와 대립하는 생태학」, 『생태계의 파괴자 자본주의』, 책갈피, 2007, 24쪽.

머리가 자꾸 아프고
누가 두들겨 패는 것처럼
온몸이 쑤신다면서,

남들 농약 다 치는데
우리만 안 치면 불안하다고
사과밭에 열두 번째
농약을 친 작은아버지.

빨갛게 보기만 좋은 사과 농사
땅도 사람도 병드는 농사
작은아버지는
그래도 먹고살아야 한다며
뿌연 농약을 치고 또 친다.

　　　　　　　　　　　－서정홍, 「사과 농사」 전문[4]

　　이 동시는 생태 환경을 고려하지 않은 자본주의적 생산방식이 어떤
결과를 불러오는지를 보여 준다. 어린 화자의 눈을 통해 사과 농사를
짓는 농부의 모습을 사실적으로 그려 내고 있다. 부족한 일손에 수확
량이 좋고 상품성이 높은 사과를 얻기 위해 화학비료를 사용했지만
어느덧 농약을 치지 않고는 사과 한 개 열리지 않을 만큼 척박해진 토
양. 그럼에도 먹고살기 위해 몸에 해로운 줄 알면서도 계속해서 농약
을 칠 수밖에 없는 농사꾼의 비애가 오롯이 느껴진다. 1960년대 레이

---

4 「우리 집 밥상」, 창작과비평사, 2003.

첼 카슨이 『침묵의 봄』에서 자본주의에 예속된 과학 기술의 위험성을 경고했음에도, 이를 무시한 채 경제적 이득이라는 달콤한 유혹에 빠져 살충제 및 제초제 등 화학물질을 남용할 경우 결국 얻게 되는 것은 "땅도 사람도 병드는" 일뿐이라는 점을 깨닫게 해 준다.

햄버거 만들려고
13억 마리의 소를 키우네

열대림을 파괴해
목초지를 만들지만
소들은
엄청나게 먹고 엄청나게 똥을 싸
목초지를 사막으로 만드네

땅은 사막이 되어 황사를 만들고
소똥이 만든 메탄가스
하늘로 올라 지구온난화를 만들고

세계 곳곳에서 일어나는
가뭄, 홍수, 산사태, 해일, 허리케인
많고 많은 이상기후들……

　　　　　　　　　　　　　　　　　　　　　－김영미, 「햄버거」 부분[5]

---

5 『재개발 아파트』, 청개구리, 2009.

앞의 동시 「사과 농사」가 체험에 기반을 두고 있는 데 반해, 이 동시의 경우는 관념에 의지해 창작되고 있다. 1연에서 화자는 "내가 좋아하는 햄버거/온 세상 사람들 다 좋아해!"하고 말한다. 그리고 이어지는 2연과 3연, 4연에서 햄버거를 만들기 위해 "13억 마리의 소"가 키워지고, 그 과정에서 "열대림을 파괴"해 사막화가 이루어지고, "소똥이 만든 메탄가스"로 인해 지구온난화가 발생하는 등 자연 파괴와 환경오염이 일어나는 실상을 나열한다. 그런 다음 마지막 5연에서는 "헉, 무섭다!/햄버거/이제 그만 좋아할래!"하고 이야기를 마무리짓는다. 이처럼 이 동시는 패스트푸드의 대명사격이라 할 수 있는 햄버거를 소재로, 경제적 이윤을 위해서라면 어떤 희생도 마다하지 않는 자본주의의 냉혹함을 비판하고 있다.

이상과 같이 이들 동시는 자본주의와 생태계 사이의 관계를 살펴 자본주의가 생태계의 파괴에 얼마나 큰 영향을 끼치고 있는지를 보여준다. 이를 통해 과학 기술에 대한 지나친 낙관주의와 미래를 생각하지 않는 맹목적인 이익 추구가 지닌 위험에 대해 경각심을 불러일으킨다. 하지만 이들 동시는 시인의 의도가 지나치게 시의 표면에 도드라져 있어 그만큼 시적 감동은 덜한 편이다.

3. 인간중심적 세계관에 대한 비판

환경 위기를 불러온 원인들 가운데 자본주의 못지않게 자주 거론되는 것이 바로 인간중심적 세계관이다. 앞장에서 살펴본 자본주의도 궁극적으로는 인간중심적 세계관에 포함된다. 하지만 근대적 산물인 자본주의와 달리 인간중심적 세계관은 그 이전부터 서양 사상을 지탱하는 배경이 되어 왔다는 점에서 자본주의와 구별해서 따로 논의할 필요가 있다. 적어도 오늘날의 환경 위기와 관련해 인간중심적 세계관은 자본주의보다 훨씬 근원적인 문제의식을 지니고 있다고 판단되기 때문이다.

　서양에서는 전통적으로 이성을 중시하여 영혼과 육체, 정신과 물질, 주체와 객체를 구별하는 이원론적 세계관을 취해 왔다. 여기에 인간은 모든 피조물 가운데 특별히 창조된 존재라는 기독교 사상이 가미되면서, 인간중심적 세계관은 서양인의 의식 속에 깊이 자리하게 되었다. 하지만 그와 같은 인간중심적 세계관은 인간이 자연을 착취하고 파괴하는 행위를 정당화하는 주요한 논리적 근거를 제공한다는 이유로 최근 많은 비판을 받고 있다.

　　　개 한 마리
　　　찻길 한가운데 갇혀 있다

　　　가랑이 사이에 꼬리를 찰싹 붙이고
　　　건너갈 듯하다 멈추고
　　　건너갈 듯하다 멈춘다

　　　쌩쌩 달리는
　　　차와 차 사이
　　　뚫고 나아가지 못하고 있다

　　　차들끼리만 지키는 안전거리

개한테는 너무 좁다

─곽해룡, 「안전거리」 전문[6]

이 동시는 "찻길 한가운데 갇혀" 오도 가도 못하는 "개 한 마리"의 모습을 통해 오늘날 도시 문명이 얼마나 인간중심적인지를 고발하고 있다. "쌩쌩 달리는/차와 차 사이/뚫고 나아가지 못하고", "건너갈 듯하다 멈추고/건너갈 듯하다 멈"추는 개의 모습에서, 금방이라도 무슨 일이 벌어질 것만 같은 팽팽한 긴장감이 느껴진다. "차들끼리만 지키는 안전거리/개한테는 너무 좁다"는 화자의 말처럼, 오늘날의 도시 문명은 모든 시스템이 인간의 편의에 맞게 설계되어 있는 탓에 동물들이 살기에는 너무나도 척박한 환경이다.

펑, 하는 순간
하늘을 나는 줄 알았는데
아니야,
난 찻길 가운데로 떨어졌어.

차들이 날 밟고 지나가는 동안
파리들이 찾아와 울어 줬어.
바람과 해님이 어루만져 줬어.

우리를 쫓는 들고양이보다
날쌔고 사나운 게 뭔지

---

6 『맛의 거리』, 문학동네어린이, 2008.

넌 아니?

나는 납작해졌어.
비눗방울처럼 가벼워졌어.
이젠 날아가는 거야, 훨훨.
아무도 날 못 봐.
아스팔트에 남은 흔적만 볼 뿐이지.

— 유은경, 「하늘로 날아간 다람쥐」 전문[7]

인간은 끊임없이 자연을 착취하고 파괴함으로써 오늘날과 같은 문명을 이루어 냈다. 강을 막아 댐을 세우고, 산을 깎아 도로를 만드는 과정에서 다른 생물들의 삶은 철저하게 도외시되었다. 이 동시는 차에 치어 죽은 다람쥐의 목소리를 빌어 그러한 인간중심주의를 비판하고 있다. "우리를 쫓는 들고양이보다/날쌔고 사나운 게 뭔지/넌 아니?", "차들이 날 밟고 지나가는 동안/파리들이 찾아와 울어 줬어.", "아무도 날 못 봐./아스팔트에 남은 흔적만 볼 뿐이지."와 같은 표현에는 다른 생물들의 삶은 전혀 안중에 없고, 오로지 자신들의 이로움만을 추구하는 인간의 파렴치한 행위에 대한 조롱이 내포되어 있다.

박이문은 "인간중심적 세계관이야말로 현재 인류가 직면하고 있는 환경의 위기, 문명의 위기의 가장 원초적인 원인"[8]으로 지적한 바 있다. 그런 점에서 인간중심적 세계관을 비판하고 있는 이들 동시는 그 나름의 가치가 있다고 생각된다. 하지만 이 동시들 역시 인간중심주

---

7 『내 꿈은 트로트 가수』, 푸른책들, 2010.
8 박이문, 「인간중심주의 비판」, 『환경철학』, 미다스북스, 2002, 126쪽.

의에 대한 비판에만 초점이 맞추어져 있어, 그 이상의 효과를 만들어
내는 데에는 조금 부족한 감이 없지 않다.

4. 생물 평등주의의 지향

노르웨이의 철학자 아르네 네스가 내세운 심층 생태학은 모든 생물
의 본질적 가치를 인정하고 인간과 자연을 분리시키지 않는 생물 평
등주의를 표방하고 있다. 이는 그 이전에 성행했던 표층 생태학에 대
한 반발에서 비롯되었다. 즉, 인간을 자연의 바깥 또는 우위에 놓인
존재이자 모든 가치의 근원으로 간주하는 표층 생태학으로는 현대의
환경 위기를 개선하는 데 한계가 있다는 자각에서 출발하고 있다. 그
런 까닭에 심층 생태학은 근본적으로 세계의 모든 사물은 분리된 것
이 아니라 상호의존적이며 서로 대등한 관계로 구성되어 있다는 입장
을 견지하고 있다.

　　　　작은 집
　　　　한 채뿐인데
　　　　많이도 산다.

　　　　암탉과 병아리 일곱 마리, 까만 염소 세 마리, 누렁이, 돼지 두
　　　　마리, 대추나무 두 그루, 석류나무, 살구나무, 앵두나무, 감나무,
　　　　참꽃마리, 양지꽃, 분꽃, 맨드라미, 채송화, 백일홍, 은방울꽃, 굼
　　　　벵이, 두꺼비, 지킴이 뱀, 생쥐, 굴뚝새
　　　　다 모여 살아도

시골 할아버지네 집엔
수십 년째
다투는 소리 한 번 없다.

−유미희, 「집 한 채에」 전문[9]

모종삽을 땅에 푹 꽂으려는데
마침 거기에 제비꽃이 무더기로 피어 있고,
조금 옆으로 비켜나 또 삽질을 하려는데
아기소나무가 바람에 살랑 몸을 흔들고,
그 아래에 개미 몇 마리가 발발발
줄지어 기어가고, 또 그 옆에
새포름한 이끼가 폭신한 담요를 깔았고,
별게 없으니 여긴 괜찮겠지, 하며
반쯤 썩은 가랑잎들을 슬쩍 들추었더니
아유, 깜짝이야! 지렁이가 꿈틀대고…….
흙 한 줌에 깃들어 사는 것들이
얼마나 많은지, 글쎄 한참을
쪼그려 앉아 바라보기만 했다.

−신형건, 「흙 한 줌」 부분[10]

　위의 동시들은 모두 심층 생태학적 관점에서 세상을 바라보고 있다. 「집 한 채에」는 시골에 있는 작은 집을 배경으로 닭과 염소, 대추나무와 석류나무, 참꽃마리와 맨드라미, 두꺼비와 뱀 등 여러 동식물

---

9 「짝꿍이 다 봤대요」, 사계절, 2007.
10 「콜라 마시는 북극곰」, 푸른책들, 2009.

들이 함께 어울려 살아가는 모습을 담고 있다. "작은 집/한 채뿐인데
도" 다양한 종류의 생물이 "수십 년째 다투는 소리 한 번 없"이 평화
롭게 살아가는 모습이 정겹게 다가온다. 「흙 한 줌」은 아빠 심부름으
로 화분에 담을 흙을 얻기 위해 뒷산에 올라간 화자가 자연의 소중함
을 깨닫게 되는 내용이다. 이 동시는 한 줌의 흙 속에 제비꽃, 아기
소나무, 개미, 이끼, 지렁이 등 얼마나 많은 생물들이 깃들어 살아가
는지를 보여 줌으로써, 모든 생물은 서로 대등한 관계 속에서 공생하
는 존재임을 알려 주고 있다.

> 샘 도랑에
> 뜨건 물 버릴 때면,
> 훠어이 훠어이
> 소금쟁이 실지렁이 애기물방개
> 어서 빨리 피하라고.
>
> 보리 베기 전날
> 보리밭에 가서,
> 훠어이 훠어이
> 벌레며 들쥐며 개구리 가족
> 어서 빨리 이사 가라고.
>
> —이정록, 「훠어이 훠어이」 전문[11]

---

11 『콧구멍만 바쁘다』, 창비, 2009.

간결한 구조에도 큰 울림을 전해 주는 이 동시에는 생물 평등주의의 이상적 모습이 잘 그려져 있다. "뜨건 물 버릴 때" 혹은 "보리 베기 전날" 도랑이나 보리밭에 머물러 사는 소금쟁이, 실지렁이, 애기물방개, 벌레, 들쥐, 개구리 같은 미물들이 혹 해를 입을까 염려하는 마음씀씀이. 이 작품에 등장하는 인간의 모습은 인간이 다른 생물들보다 우위에 놓인 존재가 아니라, 자연이라는 커다란 울타리 속에 저마다의 터전을 지니고 함께 공생하는 대등한 관계를 이룬다. 이는 자연을 그저 단순히 하나의 객관적 대상으로 파악하는 서양의 인간중심적 세계관과 큰 차이를 보인다.

이처럼 이들 동시는 심층 생태학적 입장에서 환경문제에 접근하고 있다. 환경오염의 구체적 실상을 직접 고발하기보다는 생물 평등주의의 관점에서 인간의 감성에 호소해 독자의 내면에 잠들어 있는 자연의 본성을 일깨워 주고 있다. 따라서 "인간을 포함한 어떤 개체도 다른 개체의 진정한 자기실현을 방해할 권리를 갖지 않는다."[12]는 심층 생태학의 윤리관에 가장 근접하고 있는 작품이라는 생각이 든다.

5. 생태학적 상상력과 동시의 역할

최근 출간된 동시집을 살펴보면 환경문제를 다룬 동시의 수가 이전보다 부쩍 많아지고 있음을 알 수 있다. 이는 오늘날의 환경문제를 더이상 방치해서는 안 된다는 위기의식이 동시인들 사이에 점차 확산되

---

12 이남호, 「문학은 녹색이다」, 『녹색을 위한 문학』, 민음사, 1998, 60쪽.

고 있음을 알게 해 준다. 이러한 현상은 '21세기는 환경의 세기'라는 말이 널리 통용될 만큼 오늘날의 환경문제가 심각한 상황임을 감안할 때 대단히 바람직해 보인다.

하지만 앞서 본 것처럼 생태를 문제로 다룬 동시 가운데 많은 수가 환경 위기의 주범이라 불리는 자본주의와 인간중심적 세계관을 비판하는 데 주력하고 있을 뿐, 독자의 생태 의식을 고양시키기 위한 보다 심층적인 접근은 이루어지지 않고 있다. 물론 그와 같은 접근 방법이 전혀 의미가 없는 것은 아니지만, 최근 환경 위기를 극복하기 위한 대안으로 폭넓게 인정받고 있는 심층 생태학적 접근 방법과는 차이가 있다.

따라서 앞으로는 단순히 환경오염의 실상을 고발하거나 환경 위기를 불러온 원인을 비판하는 데에서 한발 더 나아가, 독자의 내면에 잠들어 있는 생태학적 상상력을 불러일으켜 생태 의식을 고양시킬 수 있는 작품들이 많이 창작될 필요가 있다. 더욱이 동시의 경우 주된 독자층이 어린이들인 만큼 갈수록 그와 같은 필요성은 더욱 커질 것으로 보인다. 아울러 동시인의 역할 또한 그만큼 증대될 것으로 생각된다.

—〈어린이책이야기〉 2010년 봄호

우리 동시의 **현황과 전망**

1. 들어가는 말

1990년대 중반 새롭게 조명되기 시작한 아동문학은 그동안 꾸준한 성장세를 보여 왔다. 과거 몇몇 출판사를 제외하고는 아동문학에 눈길조차 주지 않았던 대형 출판사들이 지금은 대부분 아동문학 작품을 출간하고 있을 정도이다. 하지만 이미 잘 알려진 바와 같이 지금까지 아동문학의 성장을 이끌어 온 것은 동화를 비롯한 서사물이다. 같은 아동문학의 범주에 포함되어 있으면서도 동시의 경우는 그다지 주목받지 못했다.

이것은 '논술대비용 동화'라는 이름에서 알 수 있듯이, 우리 아동문학의 성장이 자생적 동력이 아닌 대학입시라는 외부적 요인에 의해 이루어진 데 그 원인이 있다. 또한 동시 문단 내부의 문제 즉, 동시인의 자족적인 창작 태도 역시 동시의 성장을 가로막아 온 원인 가운데 하나이다. 비록 동시의 외피는 두르고 있으나 별다른 감동을 주지 않는 작품을 인내심을 갖고 읽어 줄 독자는 그리 많지 않을 것이다.

그런 점에서 2008년은 우리 동시에 있어서 특별히 기억될 만한 한 해가 아닐까 싶다. 2000년대에 들어와 매년 20여 권씩 출간되던 동시집이 2008년의 경우에는 60여 권이 쏟아져 나왔을 만큼 그 수가 급증했다. 그때문에 오랫동안 침체기에 빠져 있었던 동시 문단에 모처럼 활기를 불러왔다. 그리고 이와 같은 현상이 단지 일회성에 그치지 않고 당분간 지속될 것으로 전망된다는 점에서 무척 고무적인 일임에 틀림없다. 하지만 그러한 기대와 희망 한편에는 왠지 모를 불안감이 도사리고 있는 것도 사실이다.

얼마 전에 발표된 두 편[1]의 동시 담론은 최근 우리 동시의 현황과 전망을 파악하는 데 많은 도움을 준다. 이들 담론은 모두 근래 출간된 동시집에 주목하면서, 이들 동시집에 대한 그 나름의 평가를 내리고 있다. 따라서 이 글에서는 이들 담론을 바탕으로 최근 동시집 출간이 급증하게 된 배경이 무엇이고, 우리 동시의 한계와 문제점이 무엇인지 점검해 보고자 한다.

이 글의 전개는 우선 이들 담론에서 제기하고 있는 주요 논점들을 간단히 소개하고, 그에 대한 필자의 의견을 덧붙여 나가는 방식으로 진행될 것이다. 그런 다음 이들 담론에서 미처 다루지 못한 기존 동시인들의 동시집과 새로 등장한 동시인들의 작품에 대해서도 간략하게나마 언급할 것이다. 이를 통해 최근 우리 동시의 현황과 앞으로의 전

---

1 하나는 계간 〈창비어린이〉 2009년 봄호에 실린 김권호의 「일반시인들의 동시집 어떻게 볼 것인가?」이고, 다른 하나는 월간 〈어린이와 문학〉 2009년 3월호에 실린 오인태의 「어린이와 시인의 만남—2008년도 출판 동시집 총평」이다.

망에 대해 보다 자세히 살펴볼 생각이다.

2. 일반시인들의 동시집에 관한 비평

김권호의 「일반시인들의 동시집 어떻게 볼 것인가?」는 제6회 창비 어린이 신인평론상 당선작이다. 이 글은 제목에서 보듯이 일반시인[2]들의 동시집을 꼼꼼하게 분석하고 있는데, 최근 우리 동시의 활황이 일반시인들의 동시집 출간과 밀접한 관련이 있다는 점에서 유용한 정보를 제공하고 있다. 그는 이 글에서 최승호의 『말놀이 동시집』(비룡소, 2005~2008)의 상업적 성공에서 촉발된 일반시인들의 동시집 출간이 그동안 해묵은 우리 동시를 극복할 대안으로 높은 평가를 받아 왔으나, 실제로는 감동과 재미가 많이 부족하다고 말한다.

특히 최승호의 『말놀이 동시집』과 관련해 김권호는 기존의 논의[3]를 비판적으로 수용해 새로운 가능성을 모색하는 차원에서 지지하고 있다. 그러면서도 그는 최승호 동시의 경우 아이들의 삶은 도외시하고 지나치게 말놀이에만 치중함으로써, 정작 시의 본질은 놓치고 있다고 비판한다. 그와 같은 판단의 근거로 그는 최승호의 동시 "제비라는

---

2 김권호는 동시가 아닌 일반 시를 쓰는 시인들을 일컬어 '일반시인'이라 지칭하고 있다. 그런데 '일반(一般)'은 '한 모양이나 마찬가지의 상태', '특별하지 아니하고 평범한 수준. 또는 그런 사람들', '전체에 두루 해당되는 것'을 뜻할 때 쓰는 말이다. 때문에 동시가 아닌 성인시를 쓰는 시인들을 가리키는 용어로는 부적절하게 생각된다. 하지만 혼동을 피하기 위해 본 글에서는 그대로 따르기로 한다.

3 자신의 글에서 김권호는 최승호의 『말놀이 동시집』을 둘러싼 여러 평자들의 평가를 소개하고 있다. 『말놀이 동시집』을 긍정적으로 평가하는 이들로는 김이구, 김제곤, 이안을 위치시키고, 부정적으로 평가하는 이들로는 전병호와 김종헌을 위치시키고 있다.

말을 함부로 쓰지 마세요/수제비가 뭐예요/족제비가 뭐예요/물수제비는 또 뭐나고요"(「제비」전문)와 전래동요 "여긴 아궁 저긴 굴뚝/여긴 개똥 저긴 찰밥//연기야 연기야/쌀밥 먹은 데로 가라/조밥 먹은 데로 오지 마라/나는 보리밥 먹었다/나한테는 오지 마라"(「연기나 눈에게 무언가 바라며」전문)를 병치시켜 놓는다. 이를 통해 그는 최승호의 동시가 기본적으로 구체적인 삶의 정서를 담아내지 못하고 있는 것을 문제 삼고 있다.

한 마디로 말해서 최승호의 동시에 대한 김권호의 평가는 동시가 전래동요처럼 말놀이의 형식을 취할 수는 있지만, 고단한 현실에서 억압받고 있는 아이들의 마음을 위무하지 못함으로써 의미 없는 말장난에 불과하다는 것이다. 그럼에도 최승호는 일반시와는 달리 자신이 한껏 조롱했던 도시 중산층 부모의 입맛에 부합하는―아이들이 현실을 직시하는 것을 불편해 하는―동시를 생산함으로써, 스스로 가볍게 소비되는 상품화의 길을 걷게 되었다며 부정적인 평가를 내리고 있다.

이 점에 있어서는 필자 역시 김권호와 같은 생각을 가지고 있다. 비록 동시의 주된 독자층이 아이들이긴 하지만 본질적으로 인간의 삶을 다루는 문학인 이상 동시 또한 그에 걸맞은 가치를 지녀야 한다고 본다. 그런 점에서 최승호의 동시가 재치 있는 발상과 뛰어난 언어감각을 보여 주고는 있지만, "우리말의 놀이성과 흥겨움, 그리고 시가 가진 운율적인 특징을 잘 살려 내 유아부터 초등학생까지 글자를 배우고 활용하는 책으로도 유용하게 사용할 수 있다"는 출판사의 홍보 문안 그 이상의 가치를 지니고 있다고는 생각되지 않는다.

이러한 판단은 다른 동시인의 말놀이 동시와 비교해 볼 때 더욱 확연히 드러난다. 가령, 같은 말놀이 동시라 하더라도 "옷을 갠다./양말도 개고/이불도 개고/빨래도 갠다./더 갤 것이 없어/하늘에 널린/구름을 갠다./구름을 개니/날씨가 갠다./날씨가 개니/마음도 갠다."[4] (「개기」 전문)와 같은 동시는, 소소한 노동행위에서 비롯된 즐거움이 곧 우울하거나 언짢은 마음까지 홀가분하게 만드는 것으로 그 의미가 확장되고 있다. 비록 말놀이 형식을 취하고는 있지만, 그저 단순히 언어적 유희에만 그치지 않고 삶의 건강함이 묻어난다. 따라서 이미 앞서 본 최승호의 「제비」보다 내용이나 형식, 상상력 등에서 오히려 더 나은 것으로 생각된다.

신현림의 동시집 『초코파이 자전거』(비룡소, 2007)에 대해서도 김권호의 평가는 냉정하다. "어떤 작품을 뽑아 봐도 상상력이 통통 튀도록 매우 참신"하다는 김이구의 말을 인용하며, 그는 표제작인 "초코파이 자전거를 탔더니/바람이 야금야금/다람쥐가 살금살금/까치가 조금조금/고양이가 슬금슬금 먹어서/내 초코파이 자전거/폭삭 주저앉아 버렸네"(「초코파이 자전거」 전문)를 예로 들어 반론을 제기한다. 그는 이 동시의 마지막 행인 "폭삭 주저앉아 버렸네"의 경우 기존의 동시 문장과는 다른 과감하고 발랄한 언어를 구사하고 있다며 긍정적으로 평가한다. 반면에 이 동시가 지닌 약점으로는 이 동시집의 가장 큰 장점으로 지목되었던 다양한 의성어와 의태어 등의 시늉말에서 찾고 있다. 즉, "야금야금", "조금조금", "슬금슬금"과 같은 말들이 구체적인 정

---

4 박방희, 『마트에 사는 귀신』, 푸른책들, 2007.

황과 맞물리지 못한 채 쓰이고 있으며, 너무나도 상투적이어서 신선한 느낌을 주지 못한다는 것이다.

사실 다른 나라의 말보다 시늉말이 잘 발달한 우리나라 말의 특성상, 적절한 시늉말의 사용은 작품의 전체적인 분위기 및 상황 묘사에 있어 중요한 역할을 하기도 한다. 하지만 시늉말을 너무 남발하게 되면 도리어 역효과를 불러올 가능성이 큰 만큼 무분별한 시늉말의 쓰임은 마땅히 경계해야 한다. 그런 점에서 『초코파이 자전거』와 관련해 언어구사의 불철저함을 지적한 김권호의 평가는 일리가 있다. 이는 "콩알 같은 빗방울이/투다닥 탁탁! 투다닥 탁탁!/좌르륵! 좍좍! 좌르륵! 좍좍!/쪼매 맞았는데/금세 몸이 홀딱 젖었다"[5]("작달비」 전문)에 쓰인 시늉말과 비교해 보면 그 차이를 알 수 있다. 권오삼의 동시 「작달비」에 사용되고 있는 시늉말의 경우 시인의 감각에 새롭게 인식된 것으로, 작달비(장대비)가 쏟아지는 모습을 실감나게 그려 내는 데 일조하고 있다.

최승호, 신현림의 동시집 이외에도 김권호는 김기택의 『방귀』(비룡소, 2007), 이기철의 『나무는 즐거워』(비룡소, 2007), 최명란의 『하늘天 따地』(비룡소, 2007), 안도현의 『나무 잎사귀 뒤쪽 마을』(실천문학사, 2007), 도종환의 『누가 더 놀랐을까』(실천문학사, 2008), 김명수의 『마지막 전철』(바보새, 2008), 김용택의 『너 내가 그럴 줄 알았어』(창비, 2008)에 대해서도 차례대로 분석하고 그 나름의 평가를 하고 있다. 하지만 이들 동시집에 대한 그의 평가 역시 별반 다르지 않다. 그는 논의를 매듭지으며

---

5 권오삼, 「똥 찾아가세요」, 문학동네어린이, 2009.

일반시인들의 동시집이 "일부러 경쾌한 듯 꾸며 낸 웃음도, 오래된 계몽적 언사를 안으로 숨기지 않고 드러내는 안이한 무반성도, 현실의 아동을 실종시키고 자신의 어린 시절 경험과 어린이에 대한 관념에 기대 작품을 쓰는 행위도 소망스럽지 못하다"고 말한다.

일반시인들의 동시집에 대한 김권호의 분석과 평가는 대체로 필자의 생각과 일치한다. 이들 동시집이 지나치게 말장난에 의존하고 있고, 기본적으로 동시의 수용 주체인 아이들의 삶에 대한 이해가 부족하고, 얼핏얼핏 교훈적인 색체가 시의 표면에 너무 도드라지는 등의 문제 제기에는 십분 동의한다. 그럼에도 그의 글은 다분히 오해를 불러올 소지가 많아 보인다. 그는 논지를 전개해 나가는 과정에서 때때로 객관성을 잃곤 한다. 가령, "이오덕과 한국글쓰기연구회가 오랫동안 노력했음에도⋯⋯", "자본주의 약탈성을 통렬히 비판하듯 동시에서도 그 정도의 말놀이를 해 주리라 기대했다", "경쾌함, 발랄함이란 삶의 고난까지 이겨 낼 수 있는 것이어야지"와 같은 표현은, 그 자신의 주관이 너무 강하게 드러나 있어 자칫 평가의 신뢰도를 떨어뜨릴 수도 있겠다는 생각이 든다.

또한 "해묵은 동시를 극복하고 동시의 본디 주인인 아이들에게 동시를 되돌려주려면 새로운 갱신의 싹은 무엇보다 현재를 살아가는 아이들이 처한 삶에서 시작해야 한다"와 같이, 김권호의 글에 자주 반복되고 있는 동시관은 지나치게 동시의 범주를 한정시키고 있다는 혐의를 받기에 충분하다. 만일 그의 주장처럼 동시가 현재를 살아가는 아이들이 처한 삶에서 시작되어야 한다면, 그렇지 않은 작품들의 경우엔 모두 폐기되거나 아니면 좋은 작품이 될 수 없는 것인지 의문이다.

3. 2008년도에 출간된 동시집에 관한 총평

월간 〈어린이와 문학〉 2009년 3월호에 실린 오인태의 「어린이와 시인의 만남-2008년도 출판 동시집 총평」은 부제에서 알 수 있듯이, 2008년에 출간된 동시집에 대한 평가에 초점이 맞추어져 있다. 그런 까닭에 개별 동시인 혹은 동시집에 대한 세세한 분석 및 평가를 기대하기는 어렵다. 하지만 김권호의 글과 마찬가지로 최근 우리 동시의 경향을 파악하는 데 유용한 정보를 제공하고 있다.

오인태는 본격적인 논의에 앞서 2008년의 경우 동시집 출간이 활황을 이룬 한 해였다고 자평한다. 그리고 자신이 읽은 스물세 권의 동시집의 제목과 출판사를 열거한 뒤, 예전에는 동시집을 출간하지 않았던 유력 출판사들이 기획 동시집을 펴내는 것에 반가움을 표시하고 있다. 반면에 그는 일반시 분야에서 역량을 인정받은 시인들이 어린이문학 동네로 몰려드는 현상에 대해서는 의구심을 표명한다. 그런 다음 일반시인인 박성우와 최명란, 이안과 도종환의 동시집과 동시인 곽해룡의 동시집에 대해 각각의 평가를 내리고 있다.

우선 그는 박성우의 동시에 대해서 "비닐하우스에 해바라기 씨를 널었다/마을 안길에 심을 해바라기 씨다//근데 해바라기 씨를 쥐가 다 까먹었다//나란히 간격 맞춰 설 노란 해바라기/씨이,/쥐새끼가 마을 안길을 다 먹었다//마을 안길을 똥구멍으로 다 빼냈다"[6](「쥐」 전문)

---

6 박성우, 『불량 꽃게』, 문학동네어린이, 2008.

를 예로 들며, 시적 상상력이 기발하고 참신하지만 안일하고 가벼운 느낌을 주는 동시들이 더러 눈에 거슬린다고 말한다. 최명란의 동시집에 대해서는 "엄마가 안 오신다/배가 고프다/동생과 나는/자장면을 시켜 먹는다/단무지가 없다/배달 온 아저씨가/깜박 잊고 갔나보다/동생과 나는/긴 면발을 입에 물고/하늘을 본다/어! 저 하늘에/맛있는 단무지 하나"[7]("보름달" 전문)를 예로 들며, 발랄함과 기지가 돋보이기는 하지만, 이 '발랄함'과 '기지'만으로는 좋은 동시를 쓰기엔 부족하다는 점을 지적하고 있다.

또한 이안의 동시에 대한 평가에서 그는 "누가 막대기로 때린 줄 알았다//조각조각 껍질이 들떠/연둣빛 속살이 드러나 있었다//막대기가 닿을 수 없는/꼭대기까지//누가 이 모양을 만들어 놓았나?//아버지께 이르니,/자라느라 그렇다고.//꽃 진 자리마다/새끼손톱만 한 모과가 맺혀 있었다"[8]("모과나무" 전문)를 인용하며, 시가 될 만한 어떤 상황을 포착해 내는 시선은 자못 날카로우나 어른인 시인의 시적 자아가 지나치게 두드러지는 점을 약점으로 꼽는다. 도종환 동시에 대한 평가에서는 "낮에는 옥수수 한 알 갖고 싸우고/풀씨도 먼저 먹으려 부리로 쪼았는데/잘 때는 날갯죽지 붙이고 같이 잔다/아픈 데 서로 비비며 추녀 밑에서 같이 잔다//아침에는 지렁이 빼앗아 달아나고/물 한 모금도 먼저 먹으려고 엎질렀는데/밤에는 몸 찰싹 붙이고 같이 잔다/그래야 언니 동생인 거 병아리도 안다"[9]("병아리 자매" 전문)를

---

7 최명란, 「수박씨」, 창비, 2008.
8 이안, 「고양이와 통한 날」, 문학동네어린이, 2008.
9 「누가 더 놀랐을까」.

인용하며, 시적 대상 곧 세계에 대한 따뜻한 눈길은 장점이나 어린이의 눈이 아닌 어른의 눈으로 시의 상황이나 대상을 그려 내고 있는 점을 단점으로 지적한다.

이상의 분석을 통해 오인태는 일반시인들이 쓴 동시가 풍부한 시적 상상력과 예리한 관찰력, 그리고 말을 부리는 솜씨 등에서 허약한 우리 동시를 살찌우는 자양분을 공급해 줄 것을 의심하지 않으나, 현재로서는 기대만큼의 성과를 거두고 있지는 못하다고 평가한다. 아울러 그는 어른들을 상대로 하는 일반시와 달리 동시의 경우 어린이가 주된 독자인 만큼 무엇보다 어린이에 대한 이해가 선행되어야 함을 주문하고 있다.

그런 다음 그는 곽해룡의 동시 두 편 즉, "연못이/문을 닫았다//물자라 장구애비 물땅땅이 개아재비/감기 걸리지 말라고/단단한 통유리 문을 닫았다"[10](「얼음 연못」 전문)와 "소아과 병동에/밤이 오면/아이들 모두/엄마 찾아 잠드는데/종일 할머니랑 있던/건희만 혼자 잔다//건희가 잠든 침상 밑/간이침대엔/이불 밖으로 쑥 나온/건희 아빠 두 발/새벽이 되면 일어나/일터로 가실/발가락 열개"[11](「발」 전문)를 인용하며, 이들 작품이야말로 "동시가 갖춰야 할 조건과 자질을 두루 갖춘, 높은 완성도를 지닌 동시"라고 말하고 있다.

이처럼 오인태의 글은 2008년에 출간된 동시집에 대한 총평이라고는 하지만 사실 그 논의가 일반시인들의 동시집에 치우쳐 있다. 따라서 최근 우리 동시의 흐름과 경향을 충분히 조망하는 데에는 한계가

---

10 곽해룡, 「맛의 거리」, 문학동네어린이, 2008.
11 곽해룡, 위의 책.

있다. 그때문인지 월간 〈어린이와 문학〉 2009년 4월호에 게재된 토론문에서 오인태는 본 발표문에서 미처 다루지 못한 일반시인들과 동시인들의 동시집에 대한 평가를 덧붙이고 있다. 그 자리에서 새롭게 논의된 동시집은 일반시인의 경우 오규원의 『나무 속의 자동차』[12](문학과지성사, 2008), 서정홍의 『닳지 않는 손』(우리교육, 2008), 김용택의 『너 내가 그럴 줄 알았어』, 동시인의 경우 김미혜의 『아빠를 딱 하루만』(창비, 2008), 김은영의 『선생님을 이긴 날』(문학동네어린이, 2008), 신형건의 『엉덩이가 들썩들썩』(푸른책들, 2008) 등이다.

하지만 토론회의 자리에서 논의된 내용이라 그런지 이들 동시집에 대한 상세한 분석과 평가에는 이르지 못하는 아쉬움이 있다. 그 내용을 간략하게 정리하면 다음과 같다. 김미혜의 동시집에 대해서는 이전보다 동시가 훨씬 단단해진 느낌을 주어 시적 공감이 커지긴 했지만 시인의 특수한 개인적 경험이 개인적 경험을 벗어나지 못한 것으로, 김은영의 동시집에 대해서는 시적 역량도 만만치 않은데다가 어린이와 그들의 현실을 아주 잘 이해하고 있는 것으로, 신형건의 동시는 참신한 시적 상상력과 활달한 언어구사력을 높이 사며 진정한 말놀이 시가 어떠해야 하는지를 보여 주고 있는 것으로 평가한다.

그런 점에서 오인태는 김권호보다 논의의 범위를 좀 더 확장시키고 있다고 말할 수 있다. 하지만 김권호와 마찬가지로 그 논의가 한정되어 있을 뿐만 아니라, 그 평가에 있어서 거의 대동소이한 모습을 보여

---

12 오규원의 동시집 『나무 속의 자동차』에 실려 있는 동시들은 사실 최근 씌어진 작품이 아니다. 이 동시집에 실린 동시는 시인 오규원이 20대와 30대 초반의 나이에 쓴 것으로, 1995년에 등단 30주년을 기념하여 출간되었던 것을 오규원 사후에 새롭게 다듬어 출간한 것이다. 이들 동시는 2002년에 나온 『오규원 시전집』(문학과지성사) 제2권에 수록되어 있다.

주고 있다. 물론 짧은 시간에 그 많은 동시집을 전부 살펴본다는 것이 쉬운 일도 아니고, 짧은 지면상 모든 작품을 논하기란 애당초 불가능할 것이다. 그러나 그와 같은 아쉬움에도 불구하고 그의 글은 현재 우리 동시의 지형과 문제점을 파악하는 데 적지 않은 도움을 준다.

특히 일반시인은 물론 기존 동시인의 경우에도 주된 독자인 '어린이'에 대한 이해가 부족하다는 그의 지적은 귀담아 들을 만하다. '어린이의 현실'을 '동시'라는 그릇에 담아 '어린이의 언어'로 소통하되, 어린이의 현실을 단지 그들의 직접적인 '체험 공간'으로만 한정하지 않아야 한다는 그의 말은 현재 우리 동시의 문제점을 정확하게 꿰뚫어 보고 있다. 사실 그동안 우리 동시 및 동화는 지나치게 현실성만을 강조해 온 탓에 독자들로부터 멀어진 감이 없지 않다는 것이 개인적인 생각이다.

환상이야말로 문학의 근간일 뿐 아니라, 어린이의 세계가 지닌 일반적인 특성이다. 그런 까닭에 "어린이문학의 세계에서 환상은 '발견의 눈'을 선사하기 위해 고안된 신세계로써 제안"[13]되기도 하는데, 우리의 경우엔 유교 문화의 잔재와 일제 식민지, 한국 전쟁 등의 시대적 상황과 맞물려 상대적으로 현실을 중시하는 문학적 풍토가 대세를 이루어 왔다. 그 결과 아동문학에 있어서도 환상은 곧 반사회적이라는 분위기가 팽배해 왔음을 부인하기 어렵다. 따라서 오인태의 지적처럼 이제는 우리 동시 또한 어린이의 체험 공간뿐만 아니라 환상의 세계로까지 보다 그 창작 범주를 확대해 나갈 필요가 있다고 본다.

---

13 최기숙, 「환상의 문학사적 계보」, 『환상』, 연세대학교출판부, 2003, 70쪽.

4. 기성 및 신진 동시인의 작품에 관한 촌평

이들 담론에서 미처 다루지는 못했지만 최근 출간된 동시집 가운데 는 눈여겨 볼만한 작품들이 많다. 짧은 지면 관계상 이들 작품을 세세 히 언급하기는 무리가 있다. 그러나 우리 동시의 현황과 전망을 논하 는 자리인 만큼, 간략하게나마 이들 동시집에 대해 검토해 보는 것은 우리 동시의 실상을 확인하고 앞으로의 지형변화를 예측해 볼 수 있 다는 점에서 유익한 정보를 제공한다. 이 장에서는 기존 동시인인 권 오삼의『똥 찾아가세요』와 권영상의『구방아, 목욕 가자』(사계절, 2009), 이번에 첫 동시집을 펴낸 정진아의『난 내가 참 좋아』(청개구리, 2008), 이옥용의『고래와 래고』(푸른책들, 2008), 유은경의『생각 많은 아이』(섬아 이, 2008), 김용삼의『아빠가 철들었어요』(푸른책들, 2009)를 살펴보려고 한다.

『똥 찾아가세요』는 올해로 등단한 지 34년째를 맞는 권오삼의 일곱 번째 동시집이다. 그는 우리 동시단의 원로이면서도 최근 젊은 동시 인들 못지않게 왕성한 활동을 하고 있다. 동시집『물도 꿈을 꾼다』(지 식산업사, 1998) 이후 꾸준히 변화를 보여 주고 있는 그의 시 세계는 최 근 더욱 정갈해진 느낌이다. "하늘이/얼음! 하면/나무들은 발가숭이 알몸으로/죽은 듯 가만히 있어야 하나 봐//그러다가/땡! 하면/몸을 풀고 잎을 피우게 되나 봐"(「나무들과 얼음땡」 부분) 또는 "엄마가 컵에 담 아 온 시커먼 한약/"에이, 이놈의 사약 또 먹어야 하나!"/얼굴을 찌푸 린 채 약을 먹은 뒤/사극에 나오는 배우처럼/으윽! 피 토하며 죽는 시늉을 한다"(『한약 먹기』 부분)처럼, 그의 작품은 이전보다 한층 더 깊어진 동심의 눈으로 사물과 세계를 바라보고 있다. 그래서인지 해설을 맡은 김상욱의 말처럼 나이가 들어 갈수록 그의 작품은 점점 더 젊어지고 있다는 인상을 준다. 하지만 이 동시집의 후반부에 실려 있는 작품들은 전반부의 작품에 비해 힘이 약간씩은 떨어지는 편이다.

권영상의 『구방아, 목욕 가자』는 삶의 경험에서 우러나오는 철학적 깊이가 느껴지는 동시집이다. 그는 올해로 등단 30주년을 맞는 동시인이자 동화작가로 그동안 펴낸 책이 30여 권이나 될 정도로 꾸준한 창작 활동을 보여 주고 있다. 이 동시집에 실려 있는 작품들은 가족 간의 사랑과 일상에서 포착해 낸 깨달음의 시들이 주를 이룬다. 가령, "엄마가/회초리를 든다./회초리가 무서워/내가 운다.//엄마는 회초리를 놓는다./돌아앉아/엄마가 운다"(『엄마』 전문)와 "전봇대 그늘이/해를 따라/옴쭉옴쭉 자리를 바꾼다.//……//아, 그렇구나./제비꽃을 위해/해는 좀 힘들어도/서쪽까지 먼 하늘을/건너가는구나."(『아, 그렇구나』 부분) 등이 그 대표적인 예이다. 이처럼 그의 작품은 대체로 따스한 분위기를 연출하면서도 삶의 진리를 간결하고 압축된 형식으로 풀어내고 있는 것이 큰 장점인 반면에, 아이들만의 독특한 호기심 및 상상력은 그다지 발견되지 않는다는 단점이 있다.

그런가 하면 기존의 동시인들 작품 못지않게 관심을 끄는 것이 최근 첫 동시집을 선보인 신진 동시인의 작품이다. 특히 이들의 작품은 각각의 시적 역량을 가늠해 볼 수 있는 좋은 기회를 제공할 뿐만 아니라, 이들의 활동 여하에 따라 우리 동시의 향방이 좌우될 수도 있다는 점에서 그만큼 관심이 집중될 수밖에 없다. 그때문에 첫 동시집을 대하는 마음은 늘 설레면서도 긴장된다.

정진아의 『난 내가 참 좋아』는 첫 동시집이긴 하지만 상당한 안정감을 보여 준다. 작품들의 수준이 고르고 언어를 다루는 솜씨가 보통은 아니다. 이는 그가 비록 이번에 첫 동시집을 내긴 했지만 이미 1988년에 등단한 결코 적지 않은 시력(詩歷)을 갖고 있으며, 게다가 한 해에 몇 편씩만 쓸 정도로 매 작품을 정성껏 갈고 다듬어 온 데서 비롯된다. "야단치는 엄마에게/1학년답게 말했다.//선생님이/이르는 사람은 나쁘대./자꾸 그러면/선생님한테 이를 거야./엄마,/혼내주라고 할 거야."(「이를 거야」부분)처럼, 그의 동시가 지닌 미덕은 무엇보다 아이들의 모습과 심리를 잘 간파하는 데 있다. 그런데 그의 작품에는 언뜻언뜻 정밀하지 못한 부분이 눈에 띈다. 예를 들면, 이 작품의 경우 화자가 자신의 행위에 대해 "1학년답게 말했다"는 표현은 왠지 부자연스러워 보인다.

『고래와 레고』의 이옥용 역시 첫 동시집을 낸 시인치고는 만만치 않은 필력을 과시하고 있다. 그는 현재 동시 창작 외에도 전문 번역가로도 활발히 활동하고 있는데, 그의 작품은 전반적으로 밝고 경쾌한 느낌을 준다. 또한 "바둑아,/네 시간 좀 나 주라./넌 하루 종일 놀잖아."(「부탁」부분), "떠오르는/생각//별이/태어나는/순간"(「반짝」전문)처럼, 시를 풀어내는 말법이 독특하다. 아울러 시가 될 만한 씨앗을 찾아내는 데에도 뛰어난 재능이 있을 뿐만 아니라, "오늘 시간 은행에서 하루를 찾았다./날씨 은행에서도 맑은 날씨를 찾았다./어제도 그제도 작년에도 그랬다./날씨 은행 직원은 내 통장을 보여 주었다./내가 매일 찾아간 날씨가 기록되어 있었다./제일 끝에 진한 글씨로 이렇게 쓰여 있었다./병든 구름이 너무 많아 앞으로는/좋은 날씨를 매일 찾아갈 수 없습니다."(「변화」 전문)처럼 발상 자체가 매우 신선하다. 하지만 그때문인지 조금은 말장난처럼 보이는 작품들이 간혹 눈에 띈다.

유은경의 『생각 많은 아이』에 실린 동시는 하나같이 착하다. 그것은 시인의 마음이 그만큼 착하기 때문일 것이다. "고생 많았지, 배추야./그동안 내가 못살게 굴어서."(「별걸 다 기억하는 배추흰나비」 부분), "탱글탱글한 포도/사이사이/찌그러진 알이/끼어 있어요.//……//그렇게 어우러져야/함께 살 수 있대요."(「포도」 부분)처럼, 시적 대상을 바라보는 그의 눈은 애정으로 가득 차 있다. 하지만 가끔은 "어라, 냉장고 문이 절로 열리네./비닐봉지 열고 쑤욱/감자 싹이 나오네./굵직한 줄기가 앉으라 하네./천장을 지붕을 뚫고 어어?/하늘로 뻗어가잖아!/새들 눈이 동그래졌어./비행기가 기우뚱 비켜가."(「감자에 싹이 나서」 부분) 와 같이 폭발적인 상상력으로 유쾌한 환상의 공간을 만들어 내기도 하는데, 시를 대하는 자세가 그 누구보다 건실한 시인이다. 다만 「백원」이나 「동네 골목」과 같은 작품들은 조금 식상한 느낌을 주기도 한다.

마지막으로 살펴볼 김용삼의 『아빠가 철들었어요』는 수수하면서도 담백하다. 그러면서도 그의 작품은 독자를 잡아끄는 묘한 매력을 지니고 있다. 바로 그것이 그의 작품이 다른 동시인의 작품과 변별되는 특징이다. "엄마는/가끔 가면놀이를 해요.//손님이 집에 오면/엄마는 얼른 새색시 가면을 쓰고/내게 속삭이지요.//……//손님이 현관문을 나서면/엄마는 새색시 가면을 벗어 던지며/내게 버럭 소리치지요.//

"빨리 숙제 안 할래!"/"이놈의 컴퓨터를 없애든가 해야지."(「가면놀이」부분)나 "감기에 걸려/줄줄 콧물 흘리던 초저녁/아빠는 내일 학교에 가지 말라 하고/엄마는 오늘 일찍 자고/내일 학교에 꼭 가란다"(「감기 걸리던 날」부분)처럼, 그의 작품이 지닌 힘은 일상에서 흔히 목격할 수 있는 풍경을 어린 화자의 입장에서 매우 사실적으로 그려 낸다는 데 있다. 반면에 신인다운 패기와 도전 정신은 상대적으로 덜한 편이다.

5. 나오는 말

글을 시작하면서 밝혔듯이 최근 우리 동시는 그 어느 때보다 호황을 누리고 있다. 그리고 그것이 일반시인인 최승호의 『말놀이 동시집』의 상업적 성공에서 촉발되었으며, 이러한 현상은 당분간 어느 정도 지속될 것으로 전망된다. 하지만 이와 같은 현실에 마냥 자족하고만 있을 수 없는 것이 우리 동시계의 형편이다. 일반시인들과 새로운 동시인들의 가세로 우리 동시의 외형이 좀 더 풍성해진 것은 분명하지만, 실상 작품의 질적인 면에서는 여전히 만족스럽지 못한 것이 사실이다.

따라서 비록 동시 문단의 외적 요인에 의해 추동되긴 했지만, 모처럼 우리 동시가 오랜 침체기에서 벗어나 도약할 수 있는 기회를 맞은 지금 우리 동시인들의 책무는 더욱 엄중할 수밖에 없다. 현재의 흐름을 계속 유지하고 발전시켜 나가기 위해서는 동시 문단 안팎에 산적해 있는 문제들을 시급히 해결해야만 한다. 이 점에 관해서는 월간 〈어린이와 문학〉 2009년 4월호 첫머리를 장식하고 있는 김은영의

「동시작가가 아닌 시인이 되자」를 참조할 필요가 있다.

이 글에서 그는 요즘 동시 문단에 '시인' 또는 '동시인'보다 '동시작가'라고 부르는 사람들이 부쩍 늘어나고 있다고 안타까운 심정을 토로하고 있다. 물론 그의 시론(詩論)에 전적으로 동의하는 것은 아니지만, 다분히 내부 고발적인 그의 글은 비교적 우리 동시의 문제점을 잘 간파하고 있다고 생각된다. 그의 지적대로 내용과 표현은 동시이나 어떤 감동이나 울림을 주지 못하고, 아이들의 현실과 동떨어진 채 말놀이나 엉뚱한 상상놀이에만 집착하고 있는 동시들이 사실 너무 많다.

이준관은 『동시 쓰기』(랜덤하우스코리아, 2007)에서 좋은 동시가 지녀야 할 요건으로 '동심'과 '아이들의 생활과 체험'이 담겨 있어야 하고, '참신하고 독창적'이어야 하며, '아름다운 생각과 마음' 그리고 '사랑'이 깃들어 있어야 한다고 말한다. 또한 '구체적이고 사실적'이며, '새로운 의미'를 깨닫게 해 주고 흥겨운 '리듬'이 살아 있어야 한다고 말한다. 물론 한 작품 안에 이러한 요소들을 모두 담아내는 것은 결코 쉬운 일이 아니다.

이는 일반시인들의 동시를 검토하는 과정에서 이미 확인한 바 있다. 일반시 분야에서 역량을 검증받은 시인이라고 해서 반드시 좋은 동시를 쓰는 것이 아니라는 사실은, 그만큼 동시가 시와는 다른 독특한 자질을 가지고 있다는 것을 반증한다. 그렇다면 현재 우리 동시가 안고 있는 문제점을 해소할 수 있는 방법은 단 하나뿐이다. 고만고만한 내용과 형식에서 벗어나 동시인 각각의 개성이 뚜렷이 감지되는 동시를 써서 독자들로 하여금 널리 사랑받는 것이다.

만일 그렇게 된다면 지금보다 훨씬 다양한 활로가 열릴 것이고, 그만큼 좋은 동시집과 동시인들이 많이 탄생하게 될 것이다. 또한 우리 동시의 토대도 더욱 단단해질 것이다. 따라서 본래 예술이란 끊임없이 현재를 부정하며 전복을 꾀하는 과정에서 발전해 나가는 것임을 우리 동시인들이 자각할 필요가 있다. 이러한 부정의 정신이야말로 오랫동안 침체기에 놓여 있는 우리 동시를 갱신하고, 보다 나은 미래를 견인하는 길이라고 생각한다. 그런 점에서 일반시인이든 기존 동시인이든 보다 새롭고 획기적인 작품들을 많이 발표해 주었으면 하는 것이 개인적인 바람이다.

−〈어린이책이야기〉 2009년 여름호

동시와 **판타지**

1. 환상성에 대한 논의의 필요성

일반적으로 환상(fantasy)은 기존의 질서나 인식 체계를 넘어 세계를 재구성하려는 적극적이고 능동적인 상상력의 표현 영역으로 이해된다. 그런데 이러한 환상은 아이들의 세계와 그 성격이 비슷하다. 아이들의 특성을 이야기할 때 흔히 '물활론'과 '동화적 사고'를 예로 드는 것에서 알 수 있듯이, 아이들은 감각 운동기부터 구체적 조작기에 이르기까지 현실과 환상을 뚜렷이 구별하지 못한다.

그런 까닭에 동서양을 막론하고 아동문학에 있어서 환상은 중요한 요소로 취급되어 왔다. 그러나 우리나라의 경우는 비교적 최근까지 환상이 크게 부각되지 못했다. 이것은 그 무엇보다도 현실을 중시해 온 유교 문화의 전통에 그 원인이 있지만, 일제 강점기와 한국 전쟁, 군부 독재와 같은 20세기 우리의 전반적인 시대 상황이 현실 반영을 우선시하는 리얼리즘 문학을 필요로 했기 때문이다.

하지만 1990년대 중반 무렵부터 이우혁의 『퇴마록』(들녘, 1994)과 이영도의 『드래곤 라자』(황금가지, 1998) 등 판타지들이 대중들의 폭발적인 반응을 불러일으키면서 환상문학에 대한 관심이 점차 높아지기 시작했다. 이러한 분위기에 고무되어 아동문학에서도 환상성에 대한 논의의 필요성이 제기되었고, 최근에는 본격적으로 환상문학을 탐구한 연구 성과물[1]들이 꾸준히 늘어나고 있다.

그런데 이들 논의 및 연구는 대부분 동화에 집중되어 있을 뿐, 동시의 경우에는 아직까지 그 손길이 미치지 않고 있다. 아마도 이것은 아리스토텔레스 이래 시를 현실과 인생의 반영 내지는 재현으로 보는 모방론적 관점, 즉 미메시스에 바탕을 둔 시론(詩論)에서 비롯된 것으로 보인다. 또한 19세기 중반 영어권에서 환상적 요소를 지닌 특정 서사물을 일컫던 용어인 판타지가 오늘날 하나의 장르 개념으로 정착되었기 때문일 것이다.

하지만 이창민은 한국 현대시의 환상성에 대해 논하면서 "합의된 사실성에서 일탈하는 초자연적이고 비현실적인 사상이 기술된 내용의 주축을 이루고, 본문에 환상적 표현의 비유적 의미에 대한 명시적

---

1 아동문학의 환상성에 대한 대표적인 성과물로는 이재복의 『판타지 동화 세계』(사계절, 2001), 김서정의 『멋진 판타지』(굴렁쇠, 2002)를 들 수 있다. 그리고 학술적 연구 성과물로는 박행신의 「동시의 환상성 연구」(순천대학교 교육대학원 석사학위논문, 2000), 이성자의 「한국 현대 판타지 동화 연구: 마해송·김요섭·김은숙 동화를 중심으로」(명지대 대학원 박사학위논문, 2004), 김유신의 「박목월 동시에 나타난 환상성 연구」(목포대학교 교육대학원 석사학위논문, 2005), 이주현의 「권정생의 리얼리즘 동화와 판타지 동화 연구」(대전대 대학원 석사학위논문, 2006), 정연미의 「이원수의 장편 판타지 동화 연구」(대구교육대 교육대학원 석사학위논문, 2007), 김명옥의 「한국 판타지 동화의 공간 연구」(건국대 대학원 석사학위논문, 2008), 최남미의 「권정생 판타지 동화 연구」(관동대 대학원 석사학위논문, 2008) 등이 있다.

지시가 없는 작품"2을 '환상시'로 규정할 수 있다고 말한다. 이 외에도 성인시의 분야에서는 2000년대 중반부터 현대시의 환상성에 대한 이론적 탐색과 논의가 지속적으로 진행되어 현재 많은 연구물들이 축적되어 있는 상태이다.

따라서 이러한 기존의 성과물을 바탕으로 동시에 있어서도 환상성에 대한 논의가 좀 더 확산될 필요가 있다고 본다. 아동문학의 근간인 환상에 대한 그와 같은 논의는 우리 동시의 외연 확대는 물론, 보다 다양한 창작 기법을 제공해 줄 것으로 기대되기 때문이다. 또한 이러한 작업이 그동안 소통 부재에 시달려 왔던 우리 동시의 활로를 모색하는 계기가 될 수도 있을 것으로 생각되기 때문이다.

이 글에서는 이창민의 환상시론3을 기초로 해서 우리 동시의 환상성을 '새로운 질서 창조와 서사의 변형', '환상, 욕망의 표현 형식', '현실의 전복과 위반' 이 세 가지로 나누어 살펴보려고 한다. 그의 시론은 비록 성인시를 대상으로 하고 있지만, 동시의 환상성을 다룬 연구물을 모두 포괄하는 이론적 전제와 배경을 갖추고 있어 큰 문제는 없을 것으로 본다.

2. 새로운 질서 창조와 서사의 변형

이 장에서는 먼저 환상문학의 기원이라 할 수 있는 설화의 변형을

---

2 이창민, 「환상시론의 이론적 전제와 배경」, 『현대시와 판타지』, 고려대학교출판부, 2008, 45쪽.
3 이창민은 환상시론의 이론적 전제와 배경을 바탕으로 한국 현대시에 나타난 환상의 양상을 '경이의 세계와 서사의 변형', '욕망의 표출과 불안의 표현', '전복의 기획과 위반의 기도', '의미의 소실과 언어의 유희'로 구분하여 고찰하고 있다. 위의 책 참조.

통해 환상성을 드러내고 있는 동시에 대해 살펴보려고 한다. 최기숙은 "문학에서의 환상은 인식론의 문제와 연계되며, 특히 고대의 신화나 전설들은 이에 대한 표현이 직접적이다. 전설이나 신화, 민담의 서사 세계에서 환상은 현실과 갈라서지 않는다"[4]고 말하고 있다. 즉, 신화나 전설, 민담과 같은 고대의 설화 속에 담겨져 있는 환상은 현실의 일부라는 것이다.

이는 환상문학의 대표적인 연구가 츠베탕 토도로프가 설정한 환상 장르인 '경이' 곧, 일상적이고 관습적인 현실에서 완전히 벗어나 있는 초자연적 세계에 해당한다. 토도로프에게 있어서 '경이'는 일반적으로 동화의 세계와 결부되어 있는데, 동화의 모태인 설화에는 본인들의 능력으로는 도무지 이해할 수 없는 세계를 그 나름의 방식으로 새롭게 질서를 부여하고자 하는 고대인들의 적극적인 세계 인식의 체계가 담겨 있다.

그런데 이와 같은 고대인들의 세계 인식의 방법은 아이들과 비슷한 면이 많다. 아직 경험이 적은 탓에 아이들에게는 세상의 모든 것이 낯설고, 무한한 호기심의 대상이다. 비록 어른들에게는 남루하게 느껴질지 몰라도 아이들에게는 마냥 신기하고 흥미로운 세상일 따름이다. 그런 세상을 아이들은 자기들의 방식대로 해석하고 받아들인다. 그때문인지 아이들의 눈과 마음은 설화의 세계와 맞닿아 있다.

땡볕 나는데
오는 비

---

4 최기숙, 「환상의 정의」, 『환상』, 연세대학교출판부, 2007, 33쪽.

여우비.

시집가는 꽃가마에
한 방울 오고
뒤에 가는 당나귀에
두 방울 오고

오는 비
여우비
쨍쨍 개었다.

—박목월, 「여우비」 전문[5]

이 동시는 햇볕이 내리 쬐는 날 빗방울이 떨어지면 여우가 시집을 간다는 설화를 차용해서 씌어진 작품이다. 잘 아는 것처럼 이 동시의 제목인 여우비는 '볕이 나 있는 날 잠깐 오다가 그치는 비'를 뜻하는 순우리말이다. 이 동시에서 화자는 "땡볕 나는데/오는 비"라는 좀처럼 보기 힘든 체험을 통해 시상을 전개하고 있다. 사실 땡볕이 나는데 빗방울이 떨어지는 것은 특수한 자연현상에 속한다. 따라서 화자는 그와 같은 장면을 얼마나 경이롭게 받아들였을지 충분히 짐작하고도 남는다. 이어서 화자는 "시집가는 꽃가마"에서처럼, 여우비에 얽힌 설화 속의 주인공인 여우가 시집가는 장면을 떠올리고 있다. 특히 이 대목의 "꽃가마에/한 방울 오고", "당나귀에/두 방울 오고"라는 표현

---

5 「얼룩 송아지」, 신구미디어, 1993.

은 여우비의 이미지와 관련해서 매우 인상 깊게 다가온다. 마지막 장면에서 화자는 "오는 비/여우비/쨍쨍 개었다"며, 어느덧 맑게 개인 하늘을 또 다시 신비로운 눈으로 바라보고 있다.

　이처럼 이 동시는 여우비에 얽힌 설화를 기본 골격으로 삼고 있다. 전체 구성이 3연 10행으로 이루어진 탓에 설화의 내용을 다 담아내지는 못하고 있지만, 이야기 구성에 필수적인 요소들은 모두 갖추고 있어 의미를 파악하는 데에는 아무런 지장이 없다. 따라서 토도로프가 설정한 환상 장르인 '경이'의 세계를 잘 보여 주고 있다고 생각된다. 물론 토도로프는 시가 발화를 강조하므로 대상을 환기하고 재현하는 데 적합하지 않으며, 사건을 지각하기 어렵다는 이유로 환상을 시와 결부시키는 것을 부정하고 있다. 하지만 이 동시처럼 일상적이고 관습적인 현실에서 완전히 벗어나 있는 초자연적 세계를 담고 있는 설화를 기본 골격으로 삼아 창작된 시들의 경우, 그가 말하는 환상문학이 지녀야 할 요건을 충분히 갖추고 있다고 판단된다

　그런 점에서 "옛날 옛날 옛날에/흥부집은 오막집/하얀 돌담 외딴집//……//박포기에 물은/누가 주우나/누가 주우나/숫제비가 한 모금/머금어다 주우고/암제비가 한 모금/머금어다 주운다"처럼 전래동화 '흥부 놀부'를 끌어와 아름답고 따뜻한 환상의 공간을 만들어 내고 있는 박목월의 「흥부와 제비」[6]나, "푸른 하늘 은하수/하얀 쪽배엔/계수나무 한 나무/토끼 한 마리./돛대도 아니 달고/삿대도 없이/가기도 잘도 간다./서쪽 나라로"와 같이 달나라에 계수나무와 옥토끼가 살고

---

6 박목월, 앞의 책.

있다는 전설을 절묘하게 결합시켜 밤하늘의 반달의 모습을 환상적인 분위기를 연출하고 있는 윤극영의 「반달」[7] 등도 이 범주에 포함되는 환상동시로 분류해도 무방할 듯하다.

3. 환상, 욕망의 표현 형식

정신분석학에서는 환상을 욕구와 욕망이 표출되는 통로로 파악한다. 여기에서 욕구란 심리가 어떤 의미에서 불균형을 이루고 있는 상태를, 욕망이란 무언가를 간절하게 바라는 마음의 상태를 말한다. 그런데 정신분석학에는 이와 같은 심리 부재와 결핍이 불안과 갈등을 유발하고, 그것을 해소하려는 욕망에 의해 환상이 만들어진다고 본다. 따라서 이러한 견해에 따른다면 환상은 곧 욕망을 충족시키기 위한 심리적 기제인 셈이다.

로즈메리 잭슨은 바로 이와 같은 욕망의 메커니즘을 환상문학에 접목시키고 있는 대표적인 인물이다. 그는 "환상은 욕망에 관한 문학으로서 부재와 상실로 경험되는 것들을 추구하는 것이다"[8]라고 말한다. 또한 최기숙은 "환상은 현실이 은폐하거나 억압하고 있던 이면의 진실을 가시화함으로써 재현의 표상 체계가 도달할 수 없었던 감추어진 세계, 배제된 세계에 대한 존재론적 표상 체계를 구축한다."[9]면서, 환상을 욕망의 표현 형식으로 이해한다.

7 「윤극영 전집 1」, 현대문학, 2004.
8 로즈메리 잭슨, 서강여성문학연구회 옮김, 「환상성-전복의 문학」, 문학동네, 2001, 12쪽.
9 최기숙, 앞의 책, 91쪽.

괜스레 냉장고를 열었다 닫았다
심심하다 심심해
나 혼자 있는 날

어라, 냉장고 문이 절로 열리네.
비닐봉지 열고 쑤욱
감자 싹이 나오네.
굵직한 줄기에 앉으라 하네.
천장을 지붕을 뚫고 어어?
하늘로 뻗어가잖아!
새들 눈이 동그래졌어.
비행기가 기우뚱 비켜가.
구름 위로 막 솟아오르려는데
삐걱, 문 여는 소리.
엄마다!

감자 줄기는 순식간에
봉지 속으로 쏙 들어가 버렸지.

                    –유은경, 「감자에 싹이 나서」 전문[10]

　이 동시는 폭발적인 상상력을 동원해 유쾌한 환상의 공간을 만들어
내고 있는 작품이다. 1연의 "괜스레 냉장고를 열었다 닫았다/심심하
다 심심해"에서 보는 것처럼, 화자는 혼자 집에 남아 있게 된 상황을

---

10 『생각 많은 아이』, 섬아이, 2008.

몹시 불편하게 받아들이고 있다. 이러한 화자의 심리에는 혼자 남게 된 불안감이 깊숙이 도사리고 있다. 화자는 정작 "심심하다 심심해"를 외치고 있지만, 실상 그와 같은 화자의 행위는 심리적 불안을 은폐하거나 억압하기 위한 것이라고 보아야 한다. 더욱이 오늘날처럼 놀이 기구가 주변에 널려 있는 것을 감안하면 심심하다는 것은 한낱 핑계에 불과하다. 따라서 화자는 지금 엄마의 부재로 인한 불안감에 사로잡혀 있는 것으로 생각된다. 이는 "괜스레 냉장고를 열었다 닫았다"라는 말에서도 충분히 파악할 수 있는데, 이 작품의 배경 공간이 주방이라는 것을 특별히 주목해 볼 필요가 있다. 그래서였을까? 2연에서 화자는 느닷없이 "어라, 냉장고 문이 절로 열리네./비닐봉지 열고 쑤욱/감자 싹이 나오네"라고 말한다. 물론 이러한 진술은 현실이 아니라 불안감을 해소하려는 화자의 욕망이 만들어 낸 환상에 불과하다. 이후 화자는 그 굵직한 감자의 줄기를 타고 "천장을 지붕을 뚫고 어어?/하늘로 뻗어가잖아!/새들 눈이 동그래졌어./비행기가 기우뚱 비켜가"와 같이 신 나는 환상의 세계를 만끽한다. 그리고 "삐걱, 문 여는 소리"와 함께 엄마가 등장함으로써 현실의 세계로 되돌아온다. 이 동시의 마지막 연을 장식하고 있는 "감자 줄기는 순식간에/봉지 속으로 쏙 들어가 버렸지"라는 표현은 환상의 세계가 종결되는 순간이자 화자의 욕망이 충족되는 순간이다. 그런 점에서 이 동시에서의 냉장고는 화자를 억압하고 있는 현실이고, 감자 싹은 그와 같은 현실에서 탈출하고자 하는 화자의 욕망인 셈이다. 따라서 이 동시는 "환상은 현실이 은폐하거나 억압하고 있던 이면의 진실을 가시화함으로써 재현의 표상 체계가 도달할 수 없었던 감추어진 세계, 배제된 세계에 대한 존재론적 표상 체계를 구축한다"는 최기숙의 견해와 잘 맞아 떨어지는 작품이라고 할 수 있다.

이 동시 외에도 환상을 욕망의 표현 형식으로 삼고 있는 작품으로는 "어느 날, 아파트 7층이/해적들의 소굴로 변했어./식구들이 제각기 일 보러 간다고/나 혼자만 가두어 두고/사라진 어두운 밤//시곗바늘은 화살로 변해/나를 겨냥하고 있고,/아니, 나뭇잎도 박쥐로 변했잖아?"와 같이 혼자 집에 남겨진 두려움을 조금은 괴기스런 환상놀이를 통해 해소하고 있는 허명희의 「구출 작전」[11]과 "내가 걸어가면/북실북실 복스러운 빵덩이가/가게에서 몰려나와/내 뒤만 줄줄/따라온다.//참말이냐고 참말이고 말고/햇볕이 하얀 길 위로/빛깔도 갖가지 드롭프스가/생글생글/열을 지어 따라온다"와 같이 과자를 맘껏 먹고 싶어하는 아이의 욕망을 환상적으로 형상화한 박목월의 「과자가게」[12] 등을 들 수 있다.

4. 현실의 전복과 위반

이 장에서 살펴보게 될 동시는 사회적으로 금기시되어 있는 어떤 것을 환상의 형식을 통해 전복하고 위반하는 내용을 담고 있는 작품들이다. 일반적으로 "환상이 표현하는 욕망과 무의식의 측면 및 꿈과 신화적 이미지의 차원은 무엇보다도 기존의 의식과 현실에 대한 위반

---

11 「궁시렁궁시렁 나라」, 푸른책들, 2004.
12 「얼룩 송아지」.

과 전복의 기능을 수행"[13]하는데, 그때문에 환상문학은 어떤 사회적 금기에 대한 전복과 위반의 문학 양식으로 이해되기도 한다.

그런데 성인시와 달리 동시의 경우에는 환상의 형식을 통해 사회적 금기를 전복하고 위반하는 내용을 담고 있는 작품을 쉽게 찾아보기 힘들다. 물론 "삼천리 강산 개구리야/우리 쌀 먹자고 울어 다오/우리 먹을거리 지키자고 울어 다오"(김은영, 「개구리야, 삼천리 강산 개구리야」 부분)[14]와 같이 사회적 금기에 도전하고, 강하게 정치적 발언을 하고 있는 동시들이 더러 눈에 띄긴 하지만, 아쉽게도 이들 작품은 "합의된 사실성에서 일탈하는 초자연적이고 비현실적인 사상이 기술된 내용의 주축을 이루고, 본문에 환상적 표현의 비유적 의미에 대한 명시적 지시가 없는 작품"이라는 환상시의 조건을 만족시키지 못하고 있다.

> 학교에서 숙제가 그림자로 따라왔다.
> 집에 오니 영어 학원 그림자가 들러붙었다.
> 피아노 학원 그림자가 들러붙었다.
> 글짓기 학원 그림자가 들러붙었다.
> 바둑 학원 그림자가 들러붙었다.
> 나는 그림자를 가위로 똑똑 잘라 옷장에 걸어두었다.
> 이튿날 그림자들을 꽁꽁 묶어
> 그림자 나라로 소포 보냈다.
>
> ―이옥용, 「그림자」 전문[15]

---

13 김진수, 「시의 감각과 환각」, 〈서정시학〉, 2005년 겨울호, 20쪽.
14 「빼앗긴 이름 한 글자」, 창작과비평사, 1994.
15 「고래와 래고」, 푸른책들, 2008.

책가방을 학원에 보내자
시간표에 맞춰 책을 넣고
준비물을 챙기게 가르쳐 주는 학원
일기장은 저 혼자서 일기를 쓰고
수학 공책, 국어 공책이
자기 숙제 알아서 하게 꼼꼼히 가르쳐 주는 학원
책가방을 학원에 보내 놓고
그 시간 나는
한참 못 놀아 준 컴퓨터랑
놀아야겠다.

–박혜선, 「책가방을 학원에 보내자」 전문[16]

　　이 동시들은 비록 환상문학에서 취급하고 있는 사회적 금기의 전복과 위반의 내용과는 다소 거리가 있지만, 오늘날 무한 경쟁에 놓인 아이들의 삶에 대한 전복과 위반의 욕망이 환상적으로 묘사되어 있다. 흥미롭게도 두 작품 다 공부와 관련된 내용을 담고 있는데, 이것은 오늘날 우리 아이들이 삶에 있어서 공부가 차지하는 부담이 그만큼 크다는 것을 말해 준다. 먼저 이옥용의 「그림자」는 비교적 구성이 단순한 편이다. 총 8행 가운데 "~그림자가 따라왔다(들러붙었다)"와 같은 동일한 형식의 문장이 5행을 차지하고 있다. 이러한 반복을 통해 화자인 '나'는 자신이 공부로 인해 얼마나 심한 압박을 받고 있는지를 보여 준다. 화자는 학교 숙제를 비롯해서 영어, 피아노, 글짓기, 바둑

---

16 『텔레비전은 무죄』, 푸른책들, 2007.

학원 등을 모두 자신에게 들러붙은 '그림자'로 표현하고 있다. 그와 같은 화자의 마음에는 현실을 전복하고자 하는 욕망이 강하게 도사리고 있는데, 그것이 결국에는 "나는 그림자를 가위로 똑똑 잘라 옷장에 걸어두었다./이튿날 그림자들을 꽁꽁 묶어/그림자 나라로 소포 보냈다"는 환상으로 발현되기에 이른다. 박혜선의 「책가방을 학원에 보내자」 역시 환상이 만들어지는 과정은 앞의 동시와 별반 다르지 않다. 하지만 이 작품은 "책가방을 학원에 보내자"라는 화자의 말에서 보는 것처럼, 문제를 해결하는 방식은 사뭇 다르다. 또한 "시간표에 맞춰 책을 넣고/준비물을 챙기게 가르쳐 주는 학원/일기장은 저 혼자서 일기를 쓰고/수학 공책, 국어 공책이/자기 숙제 알아서 하게 꼼꼼히 가르쳐 주는 학원"과 같은 발상이 신선할 뿐만 아니라, 책가방을 학원에 보내놓고 나서 자신은 "한참 못 놀아준 컴퓨터랑 놀아야겠다"는 화자의 바람이 참으로 아이답다는 생각이 든다.

5. 환상동시의 가능성

지금까지 동시의 환상성에 대해 '새로운 질서 창조와 서사의 변형', '환상, 욕망의 표현 형식', '현실의 전복과 위반' 이 세 범주로 나누어 살펴보았다. 동화와 달리 동시의 환상성에 관한 연구는 성과물이 적고, 그마저도 충분한 이론적 전제와 배경 없이 유형 분류에만 치우쳐 있다. 따라서 이 글에서는 성인시를 대상으로 한 환상시론을 참고로 우리 동시에 나타난 환상성의 양상을 검토해 보았다.

논의의 대상으로 삼은 텍스트는 가급적 "합의된 사실성에서 일탈하는 초자연적이고 비현실적인 사상이 기술된 내용의 주축을 이루고, 본문에 환상적 표현의 비유적 의미에 대한 명시적 지시가 없는 작품"을 선별하려고 했다. 이 과정에서 상당수의 동시가 탈락함으로써 이 글에서 다룬 작품의 수는 그리 많지 않다. 이것은 우리 동시 가운데 환상동시라 부를 만한 작품이 적은 것은 아니지만, 논의 전개상 중복 혹은 부합하지 않는 작품들은 제외했기 때문이다.

그러나 앞서 살펴본 것처럼 개중에는 우리 동시의 외연 확대와 창작 기법에 도움을 줄 만한 작품들이 더러 있다. 특히 환상문학의 기원이라 할 수 있는 설화 즉, 신화와 전설, 민담을 변형해서 씌어진 환상동시의 경우는 앞으로 우리 동시 창작에 있어 상당한 기여를 할 수 있을 것으로 생각된다. 이 점은 더욱이 오늘날 아이들의 척박한 삶을 고려할 때 더욱 간절하게 다가온다.

사실 우리 동시는 그동안 지나치게 현실 반영을 강조함으로써 그만큼 '재미'를 상실했다. 그 결과 독자들로부터 외면당해 온 게 사실이다. 하지만 욕구와 욕망이 표출되는 통로가 바로 '환상'이라는 말처럼, 환상은 '재미'뿐만 아니라 심리 부재와 결핍으로부터 발생되는 불안과 갈등을 해소해 주기도 한다. 그런 점에서 지금 우리 동시에서 필요한 것은 동심 즉, 동시의 생성 원리인 환상성을 회복하는 일이 아닐까 생각한다.

−웹진 〈동화읽는가족〉 2009년 여름호

고정된 시각과 틀을 뛰어넘는 **동심의 미학**

1. 삶을 관통해 온 두 개의 물줄기

박방희는 1946년 경북 성주에서 태어나 영남대학교와 경북대학교 대학원을 졸업했다. 갑년(甲年)을 넘긴 나이에 한 번쯤 삶의 질곡을 경험하지 않은 사람은 없겠지만, 아마도 그처럼 극적인 삶의 궤적을 지닌 사람도 드물 것이다. 그는 대학 졸업 후 연좌제로 인해 오랫동안 준비해 온 공무원 임용이 좌절되자 낭인 생활을 하다가, 1980년 5월 이후 반독재 민주화 운동에 참여해 재야 문화운동단체인 '우리문화연구회'를 만들어 대표를 지냈다.

1987년 6월 항쟁 당시에는 민주쟁취국민운동 대구경북본부 공동대표(상임)로 민주화 운동의 최일선에 섰을 뿐 아니라 대구·경북지역의 대표적인 재야인사로 활동했는데, 그가 관계되지 않은 운동 조직이 없을 정도였다고 한다. 그것은 그가 보안사 민간인 사찰 대상 1311명 명단에 포함되어 있는 것만 보아도 알 수 있다. 그의 활발한 사회참여는 1995년 김대중 씨의 권유로 현실 정치에까지 이어졌으나 실험의 단계에서 그쳤는데, 그는 이를 10년간의 외도로 표현하고 있다.

한편 그는 1980년대 중반 무크지 〈실천문학〉 등에 시를 발표하면서 문단에 나온 이래, 2001년 〈스포츠 투데이〉 신춘문예에 추리소설 「서 있는 여자」 당선, 2001년 〈아동문학평론〉에 동화 「천사원에서 일어난 일」 당선, 2001년 〈아동문예〉에 동시 「논두렁 태우기」 외 1편 당선, 2006년 〈수필시대〉에 수필 「매실 이야기」 당선, 2007년 푸른문학상 동시 부문 수상, 2007년 새벗문학상 동화 부문 수상 등 작가로서도 대단히 화려한 이력을 지니고 있다.

이처럼 박방희에게 사회변혁 운동의 참여와 문학은 그의 삶을 관통해 온 두 개의 물줄기이다. 어느 하나 결코 만만해 보이지 않는 그 둘 사이를 넘나들며 그가 쌓아 올린 그동안의 성과를 생각하고, 그러한 결실을 얻기까지 그가 뚫고 지나왔을 거칠고 암울한 세월을 떠올리면, 순간 가슴이 먹먹해진다. 그만큼 그는 현실 참여로, 작가로 그 누구보다 치열한 삶을 살아왔고 그 점에 있어서는 마땅히 칭찬할 만하다. 그럼에도 그와 같은 행보가 안타깝게 여겨지는 것은 혹, 그가 작가로서 한 길에만 충실했다면 어땠을까 하는 아쉬움 때문이다.

사실 문학은 어떤 식으로든 선 자리를 반영한다는 점에서 사회현실과 무관하지 않다. 따라서 그가 반독재 민주화 운동이나 이런저런 사회운동이 아닌 문학에 좀 더 역량을 집중했더라면 작가로서의 그의 입지는 지금보다 한층 높아졌을 것이다. 더욱이 그의 경우는 문단에 데뷔한 지가 벌써 20년이 지났고 시, 동시, 소설, 동화, 수필에 이르기까지 고루 높은 평가를 받았으면서도, 지금까지 펴낸 작품집이 시집『불빛하나』(문학세계사, 1987)와『세상은 잘도 간다』(물레, 1992), 동시집 (공저)『마트에 사는 귀신』(푸른책들, 2007)이 전부임을 감안하면 더욱 그런 생각이 든다.

이 글은 남보다 뛰어난 재능을 지녔으면서도 오래도록 현실의 인간으로 살아온 탓에 비교적 세간에는 널리 알려지지 않은 박방희의 문학을 소개하는 데 목적이 있다. 이미 앞서 언급한 것처럼 그의 문학은 여러 장르에 폭넓게 걸쳐 있는 까닭에 전부를 한 장소에 펼쳐내기란 불가능하다. 여기에서는 현재 그가 가장 의욕적으로 창작에 임하고 있는 동시를 대상으로 그의 문학세계를 살펴볼 것이다. 그리고 이 글에서 다루게 될 작품은 그가 2001년 동시인으로 등단하긴 했지만 그 뒤로 작품 활동이 뜸했던 관계로 2007년 푸른문학상 수상을 전후로 여러 지면에 발표한 동시들이 될 것이다.

2. 낮고 쓸쓸한 자리에 대한 연민의 정

박방희 문학의 출발점은 시이다. 그만큼 그에게는 소설가나 수필가 또는 동화작가나 동시인보다는 시인이라는 호칭이 훨씬 자연스럽다. "박방희의 시 세계는 기존 민중문학 쪽 참여시와는 다른 새로운 서정을 보여 준다. 낮고 비천한 곳에 눈을 돌리나 암울하지 않다. 밝고 명징하다. 한마디로, 인간의 얼굴을 하고 독자들에게 다가가는 그의 시는 매우 건강하고 따뜻하다."[1]에서처럼, 그에 대한 평가는 시의 영역

---

1 『대구의 문학인』, 대구문인협회, 만인사, 2007, 132쪽.

에 고정되어 있을 뿐, 동시인으로서의 인지도는 그리 높은 편이 아니다.

한국현대문학사에 있어 1980년대는 각별한 의미를 지닌다. 그 시기는 군사 독재 정권의 강압 정치와 그에 대한 저항의 성격이 강한 민중문학이 득세했다. 그때문에 군사 정권 아래서 신음하는 민중들의 애환을 담아내고, 사회적 모순과 부조리를 비판하는 작가 및 작품들이 많이 등장했다. 또한 기존의 보수적인 문화에서 탈피해 보다 진보적인 문화를 지향하는 무크지 운동이 활발하게 전개되었다. 박방희는 이들 무크지에 시를 발표하며 문단에 나왔는데, 이런 배경으로 인해 그의 시 정신은 지금까지 곧잘 민중문학의 범주에서 이해되고 논의되어 왔다.

> 등 굽은 할머니가
> 리어카를 끌고 간다.
>
> 리어카에 쌓인
> 폐지 더미
> 산봉우리처럼 솟았다.
>
> 산을 끌고 가는
> 할머니 굽은 등은
> 또 다른 산
>
> 끙끙, 작은 산이
> 큰 산을 끌고 간다.

　폐지를 수집하여 근근이 생계를 이어가는 노파의 고단한 삶을 형상
화한 이 동시는 그의 시 정신을 계승하고 있는 작품이다. 잔뜩 굽은
등으로 자신의 키보다 더 높이 폐지를 쌓아 올린 리어카를 힘겹게 끌
고 가는 노파의 모습이 무척 안쓰럽다. 아마도 그가 길에서 마주친 한
장면을 그린 것으로 추측되는데, 노파의 '굽은 등'과 리어카에 실린
'폐지 더미'를 각각 '작은 산'과 '큰 산'으로 묘사한 점이 인상적이다.
이로써 "끙끙, 작은 산이/큰 산을 끌고 간다"는 마지막 연이 자연스럽
게 도출됨은 물론 노파의 궁핍한 삶을 더욱 무겁고 애처롭게 만드는
이중의 효과를 발휘하고 있다.

　　재개발에 들어간
　　변두리 우리 동네
　　노란 안전모 쓴 인부들과
　　포클레인 쳐들어와
　　철거반대 투쟁을 철거하며
　　집과 담벼락들
　　차례차례 쓰러드린다.
　　경로당 마당에 이르러
　　기세 좋던 포클레인
　　더 나아가지 못하고 섰다.
　　할아버지 할머니들이
　　몸으로 막아섰는가,
　　조마조마 목을 빼는데

포클레인 삽 앞에
활짝 핀 살구꽃
지금 한창 부푼 망울을
터트리고 있었다.

―「살구꽃」 전문

　이 동시는 재개발을 둘러싼 시행자 측과 원주민 간의 갈등을 그린
작품이다. 전체적인 골격은 '인부' 대 '할아버지 할머니', '포클레인' 대
'살구꽃'이 대립하는 구도로 되어 있다. 이 동시에서 이들은 각각 '강
자와 약자', '문명과 자연'이라는 속성을 내포하고 있다. 그는 의도적
으로 이러한 구조를 통해 비정하고 파괴적인 자본주의와 물질 만능주
의를 비판하고 있다. "철거반대 투쟁을 철거하며" 기세 좋게 돌진하
던 '인부'와 '포클레인'이 연약한 '할아버지 할머니'와 '살구꽃'에 막혀
앞으로 나아가지 못한다는 표현을 통해, 그는 그러한 자신의 세계관
을 고스란히 드러내고 있는 셈이다.
　이처럼 그의 동시에는 낮은 자리에서 어렵게 살아가는 사람들이나
자본주의에 기초한 물질문명을 비판하는 작품들이 여럿 눈에 띈다.
문명의 이기(利器)인 텔레비전의 폐해를 지적한 「텔레비전만 말한다」,
이익에만 눈이 멀어 자연을 파괴하는 인간의 비정함을 고발한 「혹부
리 도토리나무」 등이 그 대표적인 작품인데, 이들 동시에는 그의 시와
마찬가지로 사회적 약자를 바라보는 따스한 시선과 애정이 담겨 있
다. 이것은 인간 및 세계를 바라보는 박방희의 마음이 그만큼 따뜻하
다는 것을 말해 준다.

3. 동심, 그 발칙한 상상력의 세계

시를 주로 써 왔던 시인들이 동시를 창작하면서 가장 흔히 범하는 오류는 크게 두 가지이다. 하나는 동심을 제대로 이해하지 못한 상태에서 상투적인 동심을 남발하는 것이고, 다른 하나는 아이들을 계도의 대상으로 삼아 가르치려고 덤비는 것이다. 그러나 아이들의 삶을 세밀하게 관찰하지 못하고 대충 어림잡아 쓰거나, 얄팍한 속셈만을 과도하게 드러낸 작품은 비록 동시의 틀을 갖추었다 해도 결코 아이들을 감동시키지 못한다. 따라서 동시를 쓰는 사람이라면 적어도 아이들의 삶과 동심에 대해 정확한 이해를 지니고 있어야 한다.

이준관은 아이들만의 독특한 특성으로 '아이들은 모든 것을 인간처럼 생각한다', '아이들은 감동을 잘한다', '아이들은 이 세상이 늘 새롭다', '아이들은 상상력이 풍부하다', '아이들은 사물과 자연에 말 걸기를 좋아한다', '아이들은 남의 마음이 되어 생각하고 느낀다', '아이들은 반복적인 리듬을 좋아한다'는 점을 들며, 좋은 동시를 쓰기 위해서는 기본적으로 이러한 아이들의 세계를 알아야 한다고 말한 바 있다.[2] 물론 그것이 좋은 동시를 쓰는 절대적 조건은 아니라 하더라도 동시 창작 및 평가를 하는 데 있어 충분히 참조할 만한 내용이다.

> 코가 긴 코끼리
> 생각도 코로 할까.

---

2 「동시 쓰기」, 랜덤하우스코리아, 2007. 19~24쪽.

주르르 코를 펼치면
생각도 주르르 펼쳐지고
도르르 말면
생각도 도르르 말려지고

생각이 건너가
먹을 것도 가져오고
생각이 뻗어가
물을 퍼 샤워도 하고

기다란 코로 하는 생각
펼쳤다가 말았다가
줄였다가 늘였다가
마음대로겠지.

―「코끼리의 코」 부분

이 동시는 2008년 문예지 게재 우수작품에 선정된 작품이다. 그동
안 '코끼리'를 노래한 동시들이 넘쳐났던 터라 소재 면에서는 그다지
새로울 게 없다. 그러나 '코끼리는 코로도 생각할까'에서처럼, 이 동
시의 가장 큰 매력은 기발하면서도 조금은 엉뚱한 아이다운 발상과
풍부한 상상력에 있다. 여기에 '주르르', '도르르'와 같이 리듬감 있는
말들을 적재적소에 배치해 음악성을 잘 살려 내고 있는 점도 눈여겨
볼 만하다. 참신한 소재가 아니라 할지라도 시인이 그것을 어떻게 효
과적으로 가공하느냐에 따라 얼마든지 좋은 동시가 될 수도 있다는

것을 잘 보여 주는 작품이다.

> 기차라는 말은
> 어디 있다가 달릴까.
> 강이란 말은
> 어디 있다 흐를까.
> 칼을 넣는 칼집처럼
> 구불구불 천 리나 되는
> 강의 집이 있을까.
> 기차라고 하면
> 달리는 기차
> 강이라고 하면
> 흘러가는 강
> 모두 어디들 있다가 나올까.
>
> —「말」 전문 (『마트에 사는 귀신』)

아이들의 세계는 놀이와 호기심으로 가득 차 있다. 아직 경험이 적은 아이들로서는 비가 내리고, 구름이 흘러가고, 꽃이 피었다 지고, 눈이 내리는 등 눈앞에 펼쳐지는 풍경이나 현상 모두가 신비의 대상이다. 아이들은 흔히 자신의 호기심을 "칼을 넣는 칼집처럼/구불구불 천리나 되는/강의 집이 있을까"와 같은 '동화적 사고'를 통해 그 나름대로 해소하며 세상에 대한 지식과 정보를 하나씩 축적해 나간다. 이 동시는 운동성 면에서 서로 유사한 성질을 지니고 있는 '기차'와 '강'을 '말(馬)'에 비유해, 유달리 호기심이 강한 아이들의 특성을 예리하게 잡아내고 있다.

이 외에도 박방희의 동시에는 참신한 발상과 상상력이 돋보이는 작품들이 많다. 동음이의어를 활용해 말놀이의 효과를 재치 있게 살려낸 "그새 언제 먹었나?/눈 깜짝할 새 먹었다./어느새 먹었나?/한 눈 판 새 먹었다."(「새」 전문, 『마트에 사는 귀신』)와 같은 동시들도 많은 수를 차지하고 있다. 기본적으로 그의 동시는 탄탄한 조어 능력과 발랄한 상상력을 토대로 해서 빚어진다. 그때문에 전체적인 분위기는 대체로 맑고 경쾌한 편인데, 그러면서도 동시로서 지녀할 할 품격은 고스란히 유지하고 있다. 이것은 그만큼 그가 동심의 세계를 정확히 이해하고 있다는 것을 반증하며, 그의 동시가 독자들로부터 널리 사랑받는 이유라고 할 수 있다.

4. 소통을 전제로 한 미학적 접근

숱한 경험을 통해 어느 정도 세상의 이치를 터득한 어른과 달리 아이들은 아직 경험이 적은 탓에 여러 면에서 이해 능력이 부족하다. 그래서 아이들에게 읽힐 목적으로 창작된 작품이라면 그들이 이해할 수 있는 내용과 형식을 지녀야 한다. 하지만 막상 창작 과정에 들어서게 되면 생각처럼 그리 쉬운 일이 아니다. 아이들의 경우 불과 한두 살 차이로도 경험이나 언어 습득, 사물에 대한 이해 능력 등에서 엄청난 차이가 있어, 그에 맞는 적절한 내용과 어휘, 형식을 가늠하기가 매우 어렵다.

그런 까닭에 아동문학 작품 가운데는 그와 같은 창작 방법상의 수칙을 제대로 갖추지 못한 작품도 적지 않다. 어떤 작품은 해당 연령대의 아이들이 좀처럼 이해하기 어려운 내용과 형식으로 되어 있는가 하면, 또 어떤 작품은 아이들의 수준을 지나치게 낮게 평가해 그들의 삶과는 너무 동떨어진 경우도 있다. 따라서 아동문학 작품을 창작함에 있어서는 문학성 못지않게 아이들의 정서와 감각에 맞는 내용과 형식을 취할 수 있어야 하며, 이는 곧 좋은 작가와 그렇지 못한 작가를 구분하는 중요한 기준이 되기도 한다.

> 수련은 못 물 위에
> 꽃 손님 앉히려고
> 넓적한 푸른 방석을
> 참 여러 개도 깔았다.
>
> —「푸른 방석」 전문

> 매미가 나무 속으로 날아들어 갔다
>
> 맴, 맴, 맴, 나무가 울었다
>
> —「매미」 전문

각각 4행과 2행으로 이루어진 이들 작품은 박방희의 동시 가운데 가장 빼어난 미학을 보여 준다. 연못 위에 떠 있는 수련 잎을 "푸른 방석"에 절묘하게 비유한 「푸른 방석」은 그 어디에 내놓아도 전혀 손색이 없을 만큼 높은 수준을 지니고 있다. 특히 이 동시의 마지막 행인 "참 여러 개도 깔았다"는 읽으면 읽을수록 그 맛깔스러움이 더해진다. 「매미」 역시 서로 다른 물질적 이미지인 '매미'와 '나무'가 상상

력 속에서 하나로 합일되면서 "맴, 맴, 맴, 나무가 울었다"로 새로운
물질적 이미지를 생성해 내는데, 그 수법이 참으로 신선하게 다가온
다.

　이처럼 박방희의 동시는 누구나 쉽게 이해할 수 있는 언어와 형식
을 지녔으면서도 그 어느 동시보다 뛰어난 미학적 성취를 이뤄 내고
있다. 이런 사실은 일본의 전통시 하이쿠를 떠올리게 만드는 "달이/
집에 들어갔다.//둥그런/달집//참 환하다."(「달무리」 전문), 이문구의 동
시 「산너머 저쪽」과 시상이 아주 흡사한 "지난밤 복숭아밭 위로/별똥
별이 쏟아졌나봐./가지마다 덴 자국들/발갛게 부풀어 올랐다."(「복사
꽃」 전문)와 같은 작품에서도 얼마든지 확인할 수 있다.

　　　　새 구두에는 악어가 산다.
　　　　조심해야 하는데
　　　　억지로 신고 걸었더니
　　　　뒤꿈치를 깨물었다.
　　　　껍질이 까지고
　　　　살점까지 뜯겨졌다.
　　　　나는 새 구두가 좋은데
　　　　구두 속 악어는 내 발이
　　　　마음에 안 드나보다.
　　　　새 구두에는 이빨이 있다.
　　　　서로 길들여져야 한다.
　　　　　　　　　　　　　　－「새 구두에는 악어가 산다」 전문

　새 구두만이 아니더라도 살다 보면 이래저래 환경을 바꿔야 할 일

이 자주 발생한다. 어른 아이 할 것 없이 그런 상황에 직면하게 되면 여간 곤혹스러운 게 아니다. 이 동시는 누구나 한 번쯤 경험해 보았음 직한 사건을, 쉽고 간결하게 표현하고 있어 또 다른 매력을 느끼게 해준다. "새 구두에는 악어가 산다"는 발상 자체도 흥미롭지만, 일상 속작은 체험을 통해 인간과 인간, 인간과 사물 간에는 "서로 길들여져야 한다"는 삶의 진리를 단순 명료하게 끄집어낸 솜씨가 예사롭지 않다. 오래도록 갈고닦은 그의 필력과 풍부한 인생 경험이 오롯이 느껴지는 작품이다.

벽에 걸린 못이 벽을 보고 말했습니다.

"이봐, 자네는
밋밋하게 그냥 서 있지만
나는 꼿꼿하게 서서
온갖 것들을 다 걸어놓는다네."

지금껏 꿈쩍도 않던 벽이
희미하게 웃으며 말했지요.

"그래, 나는 그런 자네를 걸어놓고 있지."
―「못과 벽」 전문

알레고리 기법을 이용해 또 다른 방법으로 독자들과 소통을 시도하고 있는 이 동시는 마치 한 편의 이솝우화를 보는 듯하다. 과문한 탓인지 '우화동화'라는 말은 들어 보았어도 아직껏 '우화동시'라는 말은 들어 보지 못했다. 그의 동시에는 '우화동시'라 이름 붙일 수 있는 형태의 작품들이 많은데, 이 동시는 '못'과 '벽'이라는 무생물을 의인화시켜 사려 깊지 못하고 우쭐대는 인간의 어리석음을 비판하고 있는 작품이다. 즉, 사람살이에서 꼭 필요한 겸손을 권고하는 일종의 도덕적 알레고리인 셈이다. 이처럼 그는 자신의 작품에 교훈을 담아내더라도 직접화법보다는 비유를 통한 간접화법을 주로 사용하고 있다.

5. 새로운 동시의 출현을 꿈꾸며

아마도 2007년은 박방희의 문학 인생에서 가장 기념비적인 해가 아닐까 싶다. 그는 2007년 2월 세종문화회관에서 열린 '한국 현대시 100년'을 기념하는 자리에서 '한국대표시인 500인'에 선정되었으며, 3월에는 계간 〈실천문학〉이 '실천의 시 26년'을 결산하면서 선정한 '99인 99편의 시'에 자신의 시 「자루로 태어나」가 수록되는 영광을 누리기도 했다. 또한 연말에는 동시와 동화로 푸른문학상과 새벗문학상을 연거푸 수상하는 등 문학적 성공과 함께 작가로서의 위상이 한층 높아진 뜻 깊은 한 해였다.

이는 박방희 본인은 물론 그의 문학적 재능을 잘 아는 사람들에게는 고무적인 일이다. 이제 정치 등의 주변을 말끔히 정리하고 후반부 인생을 작가로서만 살겠다고 다짐한 그에게는 창작에만 전념할 수 있는 동기를 부여하는 한편, 독자들에게는 수준 높은 그의 작품을 접할 수 있는 기회가 그만큼 늘어났기 때문이다. 더욱이 과거에 비해 급성장하긴 했지만 아직도 많은 부분에서 부족한 우리 아동문학계의 현실을 감안하면, 그처럼 잠재력이 출중한 동시인의 출현은 여간 기쁜 일이 아니다.

물론 좋은 시를 쓴 시인이라고 해서 반드시 좋은 동시를 쓰는 것은 아니다. 하지만 그의 경우는 지금까지 살펴본 것처럼 뛰어난 재능을 지녔을 뿐만 아니라, 기존 동시의 고정된 시각과 틀을 뛰어넘는 새로운 동심의 미학으로 자신만의 동시 세계를 열어 가고 있다는 점에서 앞으로도 좋은 작품을 생산할 수 있는 가능성이 크다. 비록 아직은 동시인으로서의 존재감이 그리 큰 편은 아니지만, 그럼에도 많은 사람들이 커다란 관심을 갖고 그를 주목하는 까닭이 바로 여기에 있다.

그러나 박방희의 동시에도 문제가 없는 것은 아니다. 그의 동시에서 가장 커다란 흠으로 지적할 수 있는 것은 아이들의 모습이 잘 보이지 않는다는 점이다. 동시가 꼭 어린이들만의 전유물일 필요는 없지만, 주된 독자인 것만은 분명한 사실이다. 그렇다면 좀 더 아이들 편에 가까이 다가서서 보다 적극적으로 그들의 진솔한 삶과 모습, 생생한 목소리를 담아낼 필요가 있다.

이와 더불어 한 가지 우려되는 것은 지금처럼 여러 장르에 걸쳐 창작을 병행하는 것이 과연 바람직한 일인가 하는 점이다. 그는 한 지방 일간지와의 대담에서 "문학은 삶을 담아내는 그릇입니다. 복잡한 인간의 생각과 감정을 담아내자면 여러 종류의 그릇(장르)이 필요한 거겠지요."[3]하고 말한 바 있다. 하지만 장르는 작가에 의해 규제되기도 하지만, 때로는 작가를 규제하기도 한다. 따라서 자신의 역량을 한 곳에

---

3 〈영남일보〉, 2007년 3월 22일자.

집중하지 않고 분산시키는 것은 도리어 본인의 문학적 입지를 훼손하는 결과를 불러올 수도 있음을 간과해서는 안 될 것이다. 평자의 이러한 우려를 불식하는 그의 전략적인 사고와 선택을 기대한다.

-〈아동문학평론〉 2008년 가을호

※ 본문에서 인용된 동시들 중 출전을 밝히지 않은 동시들은 이 글이 발표될 당시 미발표작이었으나 이후에 출간된 박방희의 동시집 『참새의 한자 공부』(푸른책들, 2009), 『쩌렁쩌렁 청개구리』(만인사, 2010), 『머릿속에 사는 생쥐』(문학동네어린이, 2010)에 수록되었다.

서덕출 동시의 세계

1. 들어가며

신월 서덕출은 1907년 울산에서 태어나 한국 아동문학의 성장기인 1930년대에 활동했던 대표적인 시인이다. 그는 1907년 울산에서 태어나 1925년 4월 〈어린이〉지에 「봄편지」가 입선되어 문단에 나왔다. 이후 1940년 서른넷의 나이로 사망할 때까지, 그는 동시와 소년시, 산문 등 총 112편의 작품을 남겼다. 「봄편지」, 「눈꽃 송이」 등 그의 동시는 많은 수가 노래로 만들어졌다. 그럼에도 아직까지 서덕출의 동시에 관한 연구는 제대로 이루어지지 못하고 있다. 그동안 그의 동시에 관한 연구가 전혀 없었던 것은 아니지만, 그가 차지하는 문학사적 위상을 고려해 볼 때 많이 부족한 것이 사실이다. 이것은 기본적으로 아동문학 연구자들의 관심이 부족한 탓이지만, 설령 관심이 있다 해도 자료의 발굴이라는 현실적 어려움에 그 원인이 있기도 하다.

실제로 한국 아동문학에 관한 연구는 수준이 대단히 미약한 편이다. 변변한 아동문학론 하나 갖고 있지 못한 까닭에 아동문학사를 비롯해 동시사 또는 동시론사를 기대하는 일조차 아직 요원한 실정이다. 문학 연구를 위해서는 먼저 충분한 자료발굴과 정리가 선행되어야 하는데, 그 작업이 현재 우리의 여건상 결코 쉬운 일이 아니기 때문이다. 사정이 그렇다 보니 최근 아동문학 연구자들의 수가 많이 늘어나고 그에 따른 연구물들이 상당량 축적되고 있다고는 하나, 그 내용을 살펴보면 자료의 접근이 용이한 특정 인물 내지는 특정 분야에만 연구가 집중되고 있는 형국이다. 따라서 한국 아동문학이 더욱 발전하려면 보다 많은 자료들이 발굴되어 이제까지 조명되지 못한 작가 혹은 시인에 대한 체계적이고 깊이 있는 연구가 진행되어야만 한다.

그런 점에서 얼마 전 한정호에 의해 출간된 『서덕출 전집』(경진, 2010)은 시사하는 바가 크다. 이 연구서는 지역문학 연구의 일환으로 서덕출의 고향인 울산광역시의 도움을 받아 집필된 것으로, 서덕출의 작품 전체와 그와 관련된 자료들이 망라되어 있다. 따라서 그의 문학 전체를 조망하는 데 유익할 뿐만 아니라, 향후 그의 문학 연구에 상당한 기여를 할 것으로 예상된다. 이 글은 서덕출의 동시 세계를 알아보는 데 그 목적이 있다. 그는 살아생전에 68편의 동시를 남겼는데, 여기에서는 그 가운데 1952년에 나온 동요집 『봄편지』(자유민보사)에 수록된 33편에 한정해 논의를 전개하고자 한다.

2. 현실과 놀이를 노래한 동시

『봄편지』에 실린 서덕출의 동시는 대부분 정형시의 형태를 띠고 있다. 이것은 '동요집'이란 이름에서도 알 수 있듯이 그의 동시가 노래로 만들어져 불리게 될 것을 염두에 두고 창작되었음을 말해 준다. 실제로 그가 주로 활동하던 시기는 현재 우리가 말하는 동시 즉 자유 동시로 분화하기 이전으로, 동요하면 으레 전래동요와 구별되는 창작동요를 의미했다. 따라서 사람들 사이에서 널리 불리기 위해서는 시 속에 어떤 형식의 운율을 담아내야만 했다. 서덕출의 동시의 경우엔 주로 4·4조와 7·5조의 음수율에 의해 직조되어 있는데, 그 가운데 가장 많은 수를 차지하고 있는 것이 7·5조의 시형이다. 내용에 있어서는 현실과 놀이를 노래한 동시, 자연의 아름다움을 노래한 동시, 개인적 아픔과 동경을 노래한 동시 등으로 구분해 볼 수 있다.

해가 불쑥 솟아 오는
저 건너 두던
꼬불꼬불 비탈길엔
누가 가나요
고생살이 도련님의
나무지게가
소리 없이 아장아장
걸어 깁니다
어둠이 꼬리 치는
저 건너 두던
꼬불꼬불 비탈길엔
누가 가나요
나뭇짐 맨 누른 황소
목에 은방울

비탈마다 대글 대글
울며 갑니다

─「꼬부랑 두던」 전문

풍당풍당 풍당새야
많이 울어라
우리 밭 우리 논에
돌며 울어라
우리 부모 우리 형제
먹고 입도록
풍년이 돌아오게
많이 울어라

─「풍당새」 부분

　서덕출이 살았던 시대는 일제 강점기로 우리 역사에 있어서 참으로 감내하기 어려웠던 질곡의 시기였다. 당시 한반도는 대륙 침략의 야욕에 불타는 일제의 전초기지이자 전쟁에 필요한 물자를 조달하는 커다란 창고였다. 따라서 많은 사람들이 일제의 수탈에 시달려야 했으며, 그만큼 궁핍한 생활을 할 수밖에 없었다. 위의 동시는 바로 그러한 현실을 바라보는 아이의 시각과 바람이 잘 나타나 있다. 먼저 「꼬부랑 두던」에서 화자는 "저 건너 두던"을 바라보고 있다. 여기서 "두던"은 두드러지게 언덕진 곳을 가리키는 "둔덕"의 고어이다. 화자는 그 두던을 통해 해가 솟을 무렵 "고생살이 도련님의/나무지게", 어둠이 내릴 무렵 "나뭇짐 멘 누른 황소"가 걸어가는 모습을 바라보고 있다. 이 동시는 이른 아침부터 저녁까지 힘들게 일해야 하는 사람들의 모습을 형상화하고 있는데, "꼬불꼬불 비탈길"처럼 그들이 처한 상황이 힘겹게 느껴진다. 다음의 「풍당새」에서 화자는 풍당새에게 "우리 부모 우리 형제/먹고 입도록/풍년이 돌아오게" 자신의 논에 와서 많이 울어달라고 말한다. 이 동시에서 "풍당새"가 어떤 새를 지칭하는지는 분명하지 않다. 다만 "풍당풍당" 물로 자맥질하는 것으로 보아 물새의 한 종류로 짐작되며, 가뭄 없이 벼가 잘 자라 풍년이 들기를 바라는 마음에서 화자가 지어낸 이름이 아닐까 싶다.

> 부잣집 외동자
> 걸핏하면 잘 우네
> 나보다 더 큰 애
> 말 타고도 잘 우네
>   울냄이 삘냄이
>   대추나무 열냄이
>
> 부잣집 외동자
> 울냄이로 불러라
> 말 탄 애 저 아기
> 삘냄이로 불러라
>   울냄이 삘냄이
>   대추나무 열냄이
>
>   ―「울냄이 삘냄이」 전문

반면에 이 동시는 앞의 동시와 달리 현실적 어려움을 놀이를 통해 승화시키고 있다. 이 동시에서 화자는 "부잣집 외동자"로 지칭되는

어떤 대상을 놀리고 있다. 그 부잣집 외동자는 화자보다 몸집이 더 크지만 울기도 잘하고 삐치기도 잘하는 모양이다. 그래서 화자는 그 부잣집 외동자를 아기라고 놀리고 있는데, 매 연의 끝에 후렴구처럼 붙어 있는 놀림말 즉, "울냄이 삘냄이/대추나무 열냄이"가 시의 흥겨움을 더해 주고 있다. 그런데 이 동시에서 쉽게 독해가 되지 않는 부분이 "말 타고도 잘 우네"와 "말 탄 애 저 아기"이다. 부잣집 외동자가 실제 "말"을 타고 있는 것인지, 아니면 아이들이 즐겨 하는 말타기 놀이에서의 "말"을 타고 있는 것인지 모호하다. 하지만 어른들과 달리 아이들의 경우는 어떤 계급의식에 따라 편 가르기를 하지 않는다는 점에서, 또한 시인이 다른 동시들에서 "한 이웃에 동무들은/형제 같단다"(「이웃 동무」 부분)와 같이 공동체 의식을 강조하고 있다는 점에서 후자로 받아들이는 편이 타당할 것으로 생각된다. 실제로 아이들은 어떤 난관에 빠져 있다가도 언제 그런 일이 있었냐는 듯이 훌쩍 털고 일어나 놀이에 열중하기도 하는데, 서덕출의 동시에는 그런 아이들의 마음이 잘 나타나 있다.

3. 자연의 아름다움을 노래한 동시

서덕출의 동시에는 「봄맞이」, 「여름」, 「단풍」, 「눈은 눈은」 등과 같이 사계절의 풍경을 노래한 작품들이 많다. 이들 동시는 대체로 시인 자신의 서정과 맞물려 때로는 애틋하고 애처롭게 때로는 밝고 경쾌하게 다가오기도 한다. 이것은 자연의 대상물을 대하는 서덕출의 감수성이 그만큼 섬세하다는 것을 말해 준다. 그래서인지 이들 동시를 읽다 보면 그가 마음이 참 곱고 심성이 따뜻한 사람이었다는 것을 느끼게 된다. 다음의 동시는 그 좋은 예이다.

버들 피리 봄인 듯이
소리가 고아
진달래꽃 빵실빵실
웃고 핍니다

버들 피리 봄 저녁에
불어 날리며
별님이 너도 나도
내다 봅니다

–「버들 피리」전문

이 동시는 2연 8행으로 이루어진 단아한 작품이다. "버들 피리"는 봄에 잔뜩 물이 오른 버들가지의 껍질로 만든 피리 혹 버들잎을 접어 물고 피리 소리처럼 내부는 것을 말한다. 요즘은 아이들이 버들피리를 부는 모습을 좀처럼 목격할 수 없지만, 예전에는 봄철이면 흔히 볼 수 있었다. 그런데 이 동시에서 화자는 "버들 피리 봄인 듯이" 소리가 고와 "진달래꽃"이 웃으며 피어난다고 말한다. 또한 "버들 피리 봄 저녁에" 불어 날리면 "별님"이 너도나도 내다본다고 이야기하고 있다. 이러한 표현에는 자연의 사물들 간에는 각각 단절되지 않고 어떤 연관성이 있음을 알게 해 주는데, 이는 평소 서덕출의 자연관이 어떠했는지를 짐작하게 한다.

송이송이 눈꽃 송이
하얀 꽃송이
하늘에서 피어 오는
하얀 꽃송이
나무에나 뜰 위에나
동구 밖에나
골고루 나부끼니
보기도 좋네

송이송이 눈꽃 송이
하얀 꽃송이
하늘에서 피어 오는
하얀 꽃송이
크고 작은 오막집을
가리지 않고
골고루 나부끼니
보기도 좋네

─「눈꽃 송이」 전문

이 동시는 필자가 어렸을 때 즐겨 부른 동요 가운데 하나이다. 정확히 기억나지는 않지만 아마도 초등학교 음악시간에 배우지 않았나 싶다. 이 동시에서도 자연을 대하는 서덕출의 따뜻한 마음씨가 고스란히 전해진다. 특히 이 동시는 꽃이나 눈 같은 것이 따로 한 덩이가 된 것을 이르는 말인 "송이"를 반복해서 표현함으로써 뜻과 느낌을 강조하고 있을 뿐만 아니라, 밝고 부드러운 느낌을 주는 자음과 모음을 십분 활용하고 있어 시의 분위기를 한껏 고조시키고 있다. 여기에 "나무에나 뜰 위에나/동구 밖에나", "크고 작은 오막집을/가리지 않고" 한얀 꽃송이가 "골고루 나부끼니/보기도 좋네"와 같은 화자의 고운 심성이 가미되면서 더욱 훈훈하고 정겨운 광경을 연출하고 있다. 또한 이 동시에서 특히 눈여겨볼 점은 시인이 눈을 하늘에서 "내려오는"이 아닌 "피어 오는"으로 묘사하고 있다는 점이다. 얼핏 보면 그저 대수롭지 않게 보일 수도 있지만, 독자가 그것을 어떻게 받아들이느냐에 따라 의미가 더욱 풍성해질 수도 있는 표현이라고 생각된다.

가을이 눈 한 번
힐끗 뜨더니
하늘이 파랗게
높아지고요
나뭇잎 병 들어
노랗습니다

가을이 눈 뜨면
달도 밝아서
버레가 처량히
울음 우는 밤
나뭇잎 장례가
떠나 갑니다

―「눈 뜨는 가을」 전문

그런데 자연을 노래한 서덕출의 작품 가운데는 이 동시처럼 애잔함의 정조가 짙게 묻어나는 경우도 적지 않다. 아마도 이것은 자연의 변화에 민감한 그의 감수성이 생성과 소멸, 만남과 이별 같은 자연의 순리와 조응하는 순간에 발생하는 것으로 보인다. 이 점은 그와 같은 정조가 「단풍」, 「기러기」 등에 집중되어 나타난다는 사실에서도 쉽게 확인할 수 있다. 아마도 이 동시는 그 가운데서도 그 정도가 가장 심하지 않나 생각된다. "나뭇잎 병 들어", "버레가 처량히", "나뭇잎 장례가"와 같은 표현은 이 동요집에 실린 다른 작품에서는 거의 찾아볼 수 없는 표현들이다. 특히 이 동시는 창작된 연도 및 발표된 지면이 기록되어 있지 않은 것으로 보아 서덕출이 병상에 누워 있던 시기에 쓴 것이 아닐까 추측된다. 즉, 자신의 처지와 병든 나뭇잎과 동일시한 것이 아닐까 하는 생각이 든다.

4. 개인적 아픔과 동경을 노래한 동시

서덕출은 여섯 살 때 대청에서 베개를 가지고 놀다가 미끄러져 왼쪽 다리를 다쳤다. 그런데 많은 노력에도 불구하고 다리의 염증이 척추까지 번져 등이 굽은 채 평생을 장애의 몸으로 지냈다. 그때문에 학교에도 다니지 못하고 집에서 어머니로부터 한글을 배우고 독서와 바느질, 수예 등에 몰두하며 틈틈이 습작을 했다. 그리고 그의 나이 서른두 살이던 해 가을부터 척추 신경통이 극심해져 대부분의 시간을 병상에서 누워 지내다가 두 해 후인 1940년 2월에 사망했다. 이러한 전기적 사실을 통해 짐작할 수 있는 것은 반드시 그렇다고는 할 수는 없지만, 그와 같은 불행이 어떤 식으로든 서덕출의 작품에 영향을 미쳤을 가능성이 크다는 점이다.

　　숫대나무 짹짹짹
　　숲 새에 숨어
　　울음 우는 저기 저 새
　　꽁지 빠진 새

　　어디매서 누구에게
　　꽁지를 빼고
　　남 부끄러 못 다니고
　　숨어서 우나

　　숫대밭에 짹짹짹
　　우는 저 새야
　　너 꽁지를 내가 하나
　　해 달아 주마

―「꽁지 빠진 새」 전문

　　이 동시는 그러한 심증을 갖게 만드는 작품 가운데 하나이다. 이
동시에서 화자는 숫대나무 숲과 숫대밭에 숨어서 우는 "꽁지 빠진
새"에게 자신이 꽁지를 하나 해서 달아 주겠다고 말하고 있다. 그런
데 가운데 연에서 보듯이 화자는 "꽁지 빠진 새"가 숫대나무 숲과 숫
대밭에서 우는 것을 "남 부끄러 못 다니고/숨어서 우"는 것으로 인식
하고 있다. 이것은 화자의 감정이 "꽁지 빠진 새"에 투사되어 나타난
것임을 어렵지 않게 알 수 있다. 즉, 이미 앞 장에서 살펴본 「눈 뜨는

가을」과 마찬가지로 서로 처지가 비슷한 대상인 "꽁지 빠진 새"와 자신을 동일시하는 심리가 내재되어 있다고 할 수 있다. 이 동시를 읽다 보면 장애의 몸으로 살아야 했던 탓에 남들과 함께 뛰어놀지도 못하고 바깥나들이도 하지 못한 채, 거의 평생을 집 안에 갇혀 시를 쓰는 것으로 자신의 아픔을 달래야만 했던 서덕출의 모습이 그 안에 마치 "꽁지 빠진 새"가 되어 그대로 들어앉아 있는 듯하다.

　　　　연못 가에 새로 핀
　　　　버들 잎을 따서요
　　　　우표 한 장 붙여서
　　　　강남으로 보내면
　　　　작년에 간 제비가
　　　　푸른 편지 보고요
　　　　대한 봄이 그리워
　　　　다시 찾아 옵니다

　　　　　　　　　　　　　　　　　　　　　　　　　　　－「봄편지」 전문

　　　　산 넘어 저 쪽에는
　　　　누가 누가 사나요
　　　　칠십 넘은 홀아비
　　　　아들 잃은 오막집
　　　　부엉부엉 부엉새
　　　　부엉새가 산다오

　　　　산 넘어 저 쪽에는
　　　　누가 누가 사나요

천년 묵은 소나무
새와 동무 하여서
노래하고 춤 추며
재미 나게 산다오

―「산 넘어 저 쪽」 전문

그와 같은 처지 때문인지 『봄편지』에 실려 있는 동시 가운데는 위에서 보는 것처럼 어떤 희망을 갈구하거나 동경하는 작품들이 더러 눈에 띈다. 서덕출의 등단작이자 대표작인 「봄편지」에는 봄을 기다리는 화자의 마음이 잔잔히 녹아 있다. 이 동시는 연못가에 새로 핀 "버들 잎"을 따서 "우표 한 장" 붙여 강남으로 보내면 "제비"가 다시 찾아온다는 그 동심적 발상이 신선하게 다가온다. 뿐만 아니라 "버들 잎"을 "푸른 편지"로 환치하고 있는 수법도 재미있다. 또한 마지막 부분의 "대한 봄"도 이 작품이 씌어졌을 당시의 시대 상황을 고려할 때 다층적으로 읽힐 수 있다는 점에서 더욱 흥미롭게 만든다. 「산 넘어 저 쪽」에서 화자는 "산 넘어 저 쪽에" 눈길을 주고 있다. 그리고 그곳에는 누가 사는지를 묻고 있다. 그런 다음 화자는 스스로 그곳에는 부엉이가 살고, 천년 묵은 소나무가 새와 동무를 하여 재미나게 산다고 대답하고 있다. 물론 이 시에 등장하는 그와 같은 사물들은 화자의 상상이 만들어 낸 것이 아니라 실존하는 것일 수도 있다. 하지만 머슴의 등에 업혀서야 겨우 바깥나들이를 할 수 있었던 서덕출의 현실적 상황을 고려하면, 다소 억지스럽기는 하지만 "산 넘어 저 쪽에" 누가 살고 있는지를 묻고 있는 화자의 말은 그가 꿈꾸는 어떤 동경의 세계를 나타내고 있는 것이라고 보아도 좋을 듯하다. 더욱이 "천년 묵은 소나무/새와 동무 하여서/노래하고 춤 추며/재미 나게 산다오"에 주목한다면, 그것이 전혀 터무니없는 해석만은 아니라는 생각이 든다.

5. 나오며

지금까지 대략 살펴본 것과 같이 서덕출의 동시는 애초 노래로 만들어져 불리게 될 것을 염두에 두고 창작된 까닭에 대부분 4·4조와 7·5조의 음수율을 지닌 정형시의 모습을 띠고 있다. 그리고 내용에 있어서는 현실과 놀이를 노래한 동시, 자연의 아름다움을 노래한 동시, 개인적 아픔과 동경의 세계를 노래한 동시 등이 고르게 분포되어 있다. "애기들아 싸움 말고/잘잘 놀아라/한 이웃에 동무들은/안 싸운단다"(「이웃 동무」 부분)나 "골목 골목 동무들과/맹세하였네/씩씩하고 참된 사람/되어 가자고"(「맹세」 부분)와 같이 계몽적 언사들이 강하게 드러나는 작품들과 애상적 정서가 짙게 배어 있는 작품들이 더러 보이지만, 「봄편지」나 「눈꽃 송이」 같이 따뜻한 심성으로 자연을 노래하고 인간을 보듬어 안고자 하는 보편적인 정서를 지닌 작품들이 많다.

그래서인지 이번에 서덕출의 동시를 일독하면서 느낀 점은 그의 작품이 80년 전에 창작된 작품임에도 불구하고 공유하는 데 무리가 없었다는 것이다. 또한 현재 활동하고 있는 시인들이 그의 동시에서 몇가지는 배울 점도 있겠구나 하는 생각이 들었다. 가령, 되풀이하는 말을 적절히 이용해 뜻과 느낌을 살린다든가, 다양한 어조를 구사하여 시적 분위기를 유도한다든가 하는 점은 얼마든지 참조해도 괜찮을 것

같다. 문득 한국의 아동문학 연구는 이제부터 시작이라는 생각을 하게 된다. 아직도 우리에게는 충분히 조명되지 못하고 미처 발굴하지 못한 자료가 상당수 존재하기 때문이다. 아동문학을 공부하고 있는 한 사람으로서 앞으로 해야 할 일이 얼마나 많은지 새삼 깨닫게 된다.

−웹진 〈동화읽는가족〉 2010년 여름호

이문구 동시의 **생태학적 의미**

1. 생태의 위기와 생태문학의 필요성

오늘날 환경문제는 지금까지 인류에게 닥친 문제 가운데 가장 근본적이고 심각한 문제라는 인식이 보편화되면서, 최근 생태학에 대한 사회적 관심이 부쩍 높아지고 있다. 본래 생태학은 생물과 그를 둘러싼 환경과의 상호 관계를 연구하는 생물학의 한 분야이다. 그런데 근래에 들어서는 환경 생태학·사회 생태학·정치 생태학·문화 생태학 등의 용어에서 알 수 있듯이, 생물학 범주를 뛰어넘어 매우 폭넓게 쓰이고 있다. 이것은 현재 우리를 둘러싼 환경문제가 그만큼 위험한 수준에 이르렀다는 것을 말해 준다.

실제로 지난 20세기에 과학 기술과 자본주의 경제의 발전에 힘입어, 과거 그 어느 시기와 비교할 수 없을 만큼 생활수준이 향상되었다. 하지만 지나친 물질문명 추구로 인한 무분별한 자연 파괴와 비인간화된 사회관계의 형성으로, 인류의 삶은 최대의 위기에 직면하게 되었다. 이러한 과정에서 형성된 생태학적 담론은 인류를 둘러싼 여러 환경문제를 다룬다는 공통점이 있으나, 그것을 보는 관점과 해결 방법의 차이로 인해 현재로서는 그 접점을 찾기가 쉽지 않은 게 사실이다.

그때문에 과학 기술을 신봉하는 낙천주의자들의 말처럼 인류의 미래를 낙관해도 되는 것인지, 아니면 그동안 인류가 쌓아 온 모든 문명을 부정하고 다시 원시적인 삶의 형태로 되돌아가야 하는지, 그것도 아니면 현재의 삶을 그대로 유지하면서 좀 더 친환경적인 방식을 통해 문제를 해결해야 하는지 무척 혼란스럽다. 그러나 분명한 것은 현재 우리가 처한 생태적 위기 상황은 매우 심각하며, 해결 방안의 모색과 대책 마련이 시급하다.

이러한 시대상을 반영하듯 최근 우리 문학에서도 생태문학에 대한 관심이 점점 높아지고 있다. 문학이 시대 현실과 결코 무관할 수 없다는 점을 고려하면 이는 당연한 현상이다. 그런데 1990년대 중반부터 본격적으로 시작하여 2000년대에 들어 더욱 활기를 띠고 있는 우리 생태문학에 대한 논의와 연구는, 아직 그 용어 및 연구 대상의 범위조차 확정되지 못하는 등 혼미한 양상을 띠고 있다.[1] 그만큼 환경문제가

---

[1] 김욱동은 문단에서는 말할 것도 없고 신문과 방송 같은 매스컴에서도 '환경문학'이니 '생태문학'이니 '녹색문학'이니 또는 '문학 생태학'이니 하는 용어를 무분별하게 쓰고 있다고 지적하고, 다음과 같이 정의를 내린 바 있다. '환경문학'은 환경 파괴나 자연 훼손의 실상을 고발하는 문학을 가리키며, '생태문학'은 자연 파괴나 환경오염의 심각성을 고발하기보다는 환경 위기나 생태계 위기의 원인을 좀 더 근본적으로 따지는 문학을 말한다. 또한 '녹색문학'이란 환경문학과 생태문학을 함께 아우르는 가치중립적인 용어이며, '문학 생태학'은 주로 문학이론이나 비평과 관련된 개념이라고 설명한다.(김욱동, 「시적 상상력과 생태학적 상상력」, 『생태학적 상상력』, 나무심는사람, 2003, 37~39쪽.) 하지만 이 글에서는 현재 여러 논자들에 따라 제각기 쓰이고 있는 용어를 따로 구분하지 않고, 생태학적 관점을 표방하고 있는 모든 문학을 가리키는 용어로써 '생태문학'을 사용하고자 한다.

광범위하고 생태의 성격이 워낙 다양하기 때문이다.

또한 우리 문학에서의 생태학적 논의는 주로 성인문학을 중심으로 전개되고 있을 뿐 아동문학에 있어서는 매우 부족한 편이다. 그나마 동화의 경우는 미흡하나마 생태학적 접근을 시도한 연구물들이 꾸준히 발표되어 온 반면, 동시의 경우엔 아직까지 양적이나 질적인 면에서 연구 성과가 미비한 실정이다. 아동문학이 성장기에 있는 어린이의 가치관 형성에 큰 영향을 미친다는 점에서, 앞으로 이 분야에 대한 아동문학 작가 및 연구자들의 보다 많은 관심이 있어야 할 것으로 보인다.

이에 필자는 우리나라를 대표하는 소설가이자 뛰어난 동시인이었던 이문구의 동시를 대상으로 작품에 나타난 생태 의식을 살펴보려고 한다. 이문구는 생전에 『개구쟁이 산복이』(1988, 창작과비평사), 『이상한 아빠 1』(1997, 솔), 『이상한 아빠 2』(1997, 솔) 등 세 권의 동시집과, 2003년 타계 후 유고 동시집으로 『산에는 산새 물에는 물새』(2003, 창비)를 남겼다.[2] 이들 동시집에는 순수하게 자연을 노래한 작품뿐만 아니라 환경오염으로 인한 생태 문제들을 다룬 작품들이 많아, 최근 활발히 전개되고 있는 생태문학의 측면에서 충분히 검토해 볼 만한 가치가 있다.

이 글에서는 먼저 표층 생태학적 입장에서 환경오염 및 자본주의 물질문명을 비판한 이문구의 동시들을 분석해 보고, 그 다음에 심층

---

2 이들 동시집에 실린 작품은 총 332편이나 이 가운데 중복되어 실려 있는 동시를 제외하면 실제 작품 수는 220편이다. 이 동시들은 이문구 사후에 「전집」이 출간되면서 『가득가득 한가득』(2006, 랜덤하우스중앙), 『나무도 나무 나름 쓸모도 쓸모 나름』(2006, 랜덤하우스중앙), 『풀 익는 냄새 봄 익는 냄새』(2006, 랜덤하우스중앙)에 각각 나뉘어 실려 있다.

생태학적 입장에서 자연을 노래한 동시를 중심으로 이문구의 자연관에 대해 알아볼 것이다. 이를 통해 오늘날 우리가 직면한 이 생태적 위기를 극복하기 위한 대안으로써, 이문구의 동시가 갖는 생태학적 의미를 밝혀 보려고 한다.

2. 표층 생태학과 물질문명에 대한 비판

1990년대 중반부터 본격적으로 생태문학에 대한 논의가 시작된 이래, 우리 문학에서도 환경문제를 다룬 많은 작품들이 장르를 막론하고 발표되고 있다. 물론 그 이전에도 그런 작품들이 없었던 것은 아니다. 1970년대 산업화의 여파로 환경이 급속히 파괴되면서 일련의 시인 또는 소설가를 중심으로 생태 의식을 고취시키는 작품들이 꾸준히 생산되어 왔다. 그 대표적인 작품으로는 이형기의 시 「전천후 산성비」[3], 최승호의 시 「공장지대」[4], 김원일의 소설 「도요새에 관한 명상」[5], 조세희의 소설 「난장이가 쏘아올린 작은 공」[6] 등이 있다.

그런데 그동안 발표된 이들 생태문학 작품들을 보면 크게 두 가지 유형으로 구별된다. 하나는 생태계 파괴에 따른 부정적 현실 인식을 바탕으로 환경오염의 실태를 고발하는 형태의 작품이고, 또 다른 하나는 현실에 대한 부정적 인식은 공유하되 비교적 온건한 어법으로 자연과 인간의 조화를 강조하는 형태이다. 이는 일찍이 아르네 네스

---

3 「심야의 일기예보」, 문학아카데미, 1990.
4 「세속 도시의 즐거움」, 세계사, 2002.
5 「도요새에 관한 명상」, 문이당, 2005.
6 「문학과지성」, 1976년 겨울호.

(Arne Naess)[7]가 환경문제에 접근하는 방식으로 '표층 생태학(the shallow ecology)'과 '심층 생태학(the deep ecology)'을 구별해야 한다고 주장한 것과 상응하는 것으로, 오늘날 생태문학의 성격을 가르는 대표적인 두 가지 유형이라고 할 수 있다.

우리 생태문학의 전개 양상은 초기에는 주로 표층 생태학적 접근 방식을 취했으나 근래에는 심층 생태학적 접근 방식을 취하고 있다. 그래서 초기 작품들의 경우 주로 자연 파괴 및 환경오염 같은 단기적인 환경문제를 해결하는 데 치중한 반면, 최근 발표되는 작품들은 점차 생물 평등주의와 같은 좀 더 근원적인 차원에서 생태계의 회복을 지향하려는 성격을 띠고 있다. 그것은 자연에 대한 인간의 시각이 바뀌지 않는 한 환경문제는 근본적으로 치유될 수 없다는 자각에서 비롯된 것으로 생각된다.

이와 같은 생태문학의 관점에서 이문구 동시는 더욱 특별해 보인다. 왜냐하면 그의 동시에는 표층 생태학뿐만 아니라 심층 생태학의 입장에서 환경문제에 접근하는 작품들이 공존하기 때문이다. 이런 사실은 평소 이문구의 생태 의식은 물론 이문구의 동시가 생태문학으로서 지니고 있는 의미를 가늠하는 데 도움이 된다. 그런데 이문구의 동시는 앞서 살펴본 생태문학의 일반적 조류와는 조금 다른 전개 양상을 보인다. 즉, 초기에 발표한 동시와 달리 후기에 발표한 동시에서 오히려 표층 생태학적 성격이 더욱 두드러진다.

이것은 동시가 어린이를 대상으로 씌어진다는 점과 깊은 관련이 있

---

7 김욱동, 「생태 페미니즘과 에코토피아」, 『문학 생태학을 위하여』, 민음사, 1998, 369쪽 참조.

는 것으로 보인다. 이문구는 자신의 동시를 읽게 될 어린이들이 지적
으로나 경험적으로 미숙한 까닭에, 보다 직접적인 방법으로 그들의
감수성에 호소하는 것이 더욱 효과적이라고 판단한 것이 아닌가 싶
다. 비교적 친자연적인 환경에서 태어난 기성세대와는 전혀 다른 환
경에서 태어난 요즘 어린이들을 감안하면, 이문구의 이러한 판단은
타당한 것으로 생각된다. 그런 까닭에 표층 생태학적 입장에서 환경
문제에 접근하고 있는 이문구의 동시들은, 그와 비슷한 성향의 여느
작품과 마찬가지로 인간중심적인 세계관 및 자본주의 물질문명을 비
판하는 데 주력하는 모습을 띠고 있다.

1
집비둘기가 들에서
들비둘기를 보고 중얼거렸대.

쟤들을 보면 안됐어.
우리는 주는 모이말고도
거리나 공원에서 골고루 먹는데
쟤들은 겨울에 집도 절도 없이
논에서 벼이삭 밭에서 콩이삭
들에서 풀씨로 연명하거나
눈이 오면 쫄쫄 굶고
덕분에 날씬하고 잘 날지만
밀렵꾼 등쌀에 아차 할 때도 많고
보면 볼수록 영 안됐어.

2
들비둘기가 길에서
집비둘기를 보고 중얼거렸대.

쟤들을 보면 안됐어.
우리는 맑은 공기 깨끗한 물
산과 들이 온통 우리 차진데
쟤들은 집이 좁아 한뎃잠에
이 눈치 저 눈치 눈치꾸러기
매연에 찌든 꾀죄죄한 몰골로
쓰레기통 수챗구멍까지 뒤져 먹어서
비만증으로 어기적어기적
자동차 등쌀에 아차 할 때도 많고
보면 볼수록 영 안됐어.
　　　　　　－「두 비둘기」 전문 (『산에는 산새 물에는 물새』)

　이 동시는 집비둘기와 들비둘기를 소재로 오늘날 우리가 직면한 생
태적 위기 상황을 고발하고 있다. 제1부는 현대 문명을 상징하는 집
비둘기가 시골에 살고 있는 들비둘기의 처지를, 제2부는 반대로 자연
을 상징하는 들비둘기가 도시에 사는 집비둘기의 처지를 각각 동정하
고 있다. 그러나 따지고 보면 비록 먹이 걱정은 없지만 온갖 매연에
찌든 모습으로 "쓰레기통 수챗구멍까지 뒤져 먹어서/비만증으로 어
기적어기적/자동차 등쌀에 아차 할 때"가 많은 집비둘기나, 비록 좋
은 환경은 가졌지만 "들에서 풀씨로 연명하거나/눈이 오면 쫄쫄 굶
고/덕분에 날씬하고 잘 날지만/밀렵꾼 등쌀에 아차 할 때"가 많은 들

비둘기의 처지는 매한가지이다. 이처럼 오늘날 생태계는 도시와 농촌 할 것 없이 무차별적으로 파괴되고 있는데, 이문구의 동시는 이와 같은 현장을 생생하게 담아내고 있다.

> 누구냐구요?
> 이젠 얼굴도 잊으셨네요.
> 강물 냇물 놔두고
> 논과 연못에 살았던 송사리에요.
> 송사리 끓듯 한다는 속담도 있잖아요
> 예전엔 그렇게 흔했었죠.
> 송사리 낚시나 그물은 없어요.
> 우릴 해칠 마음이 없었거든요.
> 아이들이 간혹
> 물 담은 고무신이나 어항에 넣긴 했지만
> 이내 놓아줬어요.
> 원래가 친했으니까요.
> 그런데 논에는 농약 연못엔 폐수
> 이젠 살 데가 없네요.
> 그래서 꿈에 나타나 부탁하는 거예요.
> 어디 살 만한 데가 있으면
> 꼭 좀 알려 주세요.
> ─「송사리」전문 (『산에는 산새 물에는 물새』)

앞의 동시 「두 비둘기」가 다소 비유적인 수법을 동원해 생태 문제를 거론하고 있다면, 이 동시는 보다 직접적으로 오늘날 생물체들이 처한 위기 상황을 그려 내고 있다. "송사리 끓듯 한다"는 속담처럼 논과 연못 어디서나 흔히 볼 수 있었으나, 언제부턴가 사람들이 논에 친 농약과 연못에 흐르는 폐수로 인해 더 이상 살 데가 없어진 송사리. 이 동시는 현재 그들이 놓여 있는 딱한 처지를 호소력 짙은 목소리를 통해 들려준다. 특히 "누구냐구요?/이젠 얼굴도 잊으셨네요"라는 구절에 잘 드러나 있는 것처럼, 오늘날 환경문제는 근본적으로 인간의 무지와 횡포에서 비롯되고 있다는 것을 고발하고 있다.

> 이틀 사흘 굶다가
> 어미랑 아기랑
> 경비실 앞으로 몰려가
> 야옹 야옹
> 떠들었어요.
> 빵이랑 과자랑
> 이 집 저 집에서 내왔지만
> 고양이는 육식 동물,
> 생선이나 고기만 먹잖아요.
> 야옹 야옹 또 야옹
> 입이 높아서가 아니라
> 안 먹는 걸 주니까 그렇지요.
> ─「고양이」 부분 (『산에는 산새 물에는 물새』)

이 동시는 도시 문명의 상징인 아파트를 터전 삼아 살아가는 고양이의 애환을 노래하고 있다. 시적 배경인 '진주 아파트'에 살고 있는 이 고양이들은 「두 비둘기」에 등장하는 집비둘기의 처지와 조금도 다를 바 없다. 이 고양이들은 집도 없이 주차장 밑에서 잠을 자거나 쓰레기봉투를 뒤적여 먹을 것을 해결한다. 하지만 언제부턴가 사람들이 음식물 쓰레기를 분리수거하면서 더 이상 먹을 것을 구하지 못한다. 그래서 경비실로 몰려가 배고픔을 호소해 보지만, 사람들이 내어 주는 먹이는 빵이나 과자일 뿐 육식동물인 고양이들이 먹을 수 있는 것이 아니다. "입이 높아서가 아니라/안 먹는 걸 주니까 그렇지요"라는 결구에서 보듯이, 인간의 자기중심적 사고가 다른 생물체에게 어떤 피해를 주는지 잘 보여 준다.

> 겨울 과수원은
> 봄의 울긋불긋한 꽃대궐도
> 가을의 울긋불긋한 과일 천국도
> 아니었어,
> 탱자나무 아까시나무
> 가시나무 울타리와
> 가시 철조망이 엄중한
> 나무들의 감옥이었어,
> 톱과 전정 가위로
> 웃자란 가지나
> 자유롭게 뻗은 가지를
> 이리 치고 저리 치고
> 그놈이 그놈처럼
> 가지치기를 하여
> 다듬어진 자유만 나눠주는
> 나무들의 감옥이었어.
>   -「겨울 과수원」 전문 (『산에는 산새 물에는 물새』)

사방 팔방에서 밤낮 없이
석유랑 천연 가스랑
온천수 광천수 지하수 뽑아 올리고
금광 은광 동광 철광 탄광
온갖 광물 캐어 내고
몰래 더 깊이 뚫어서
핵폭탄 실험도 하고
한시도 그냥 안 놔두니
어디로 진땀을 흘리며
그 아픈 걸 참아 내겠어?
　　　　　－「갯벌에서」 부분 (『산에는 산새 물에는 물새』)

　　그런가 하면 이 동시들은 현대 자본주의 물질문명 체제가 생태계
파괴와 어떤 관련이 있는지를 잘 보여 준다. 좀 더 수익성이 있는 열
매를 얻기 위해 "톱과 전정 가위로/웃자란 가지나/자유롭게 뻗은 가
지를/이리 치고 저리 치고"(「겨울 과수원」), 여러 가지 자원을 얻기 위해
"사방 팔방에서 밤낮 없이/석유랑 천연 가스랑/온천수 광천수 지하수
를 뽑아 올리"거나 "몰래 더 깊이 뚫어서/핵폭탄 실험"(「갯벌에서」)을 하
는 등, 인간은 자신들의 물질적 이익을 위해서라면 아무 거리낌 없이
자연을 착취하고 망가뜨린다. 이미 이문구는 자신의 소설을 통해 자
본주의 물질문명의 병폐를 폭넓게 담아낸 바 있는데, 이러한 문학적
특징은 동시에도 그대로 이어진다.
　　그런 까닭에 이문구의 동시는 독자인 어린이들에게 이 세상에 대한
희망보다는 두려움을 줄 수도 있다는 지적이 있다. 그럼에도 이문구

가 이와 같은 동시를 쓴 까닭에 대해, 김수이는 "어린이들에게 우리가 사는 세상의 문제점을 알게 하고 그 해결점을 찾게 하려는 데 있다"[8]고 말한다. 즉, 이문구가 어린이들이 세상에 대한 꿈을 갖는 것 못지않게 이 세상을 살기 좋게 만들 의지와 지혜를 갖는 것이 중요하다고 생각했기 때문이라는 것이다.

이처럼 표층 생태학적 입장에서 환경문제를 다룬 이문구의 동시는 자본주의 물질문명 체제에 대한 강한 부정으로부터 출발한다. 그는 대량생산과 대량소비를 메커니즘으로 하는 현 체제가 자연은 물론 인간의 심성을 파괴하는 주요 원인으로 파악한다. 이러한 현실인식을 바탕으로 이문구는 이 땅 곳곳에서 벌어지는 생태계의 파괴 현장을 낱낱이 고발함으로써, 오늘날 우리가 처해 있는 생태적 위기에 대한 경각심을 불러일으킨다. 또한 자연환경이 파괴되면 우리의 삶도 그만큼 황폐해질 수밖에 없다는 자기반성적 성찰을 이끌어 냄으로써 생태적 의식을 고취시키는 데 크게 일조하고 있다.

3. 심층 생태학과 동화의 상상력

동양철학과 서양철학은 사실 거의 모든 점에서 대립되지만, 그 가운데 자연에 대한 인식의 차이는 더욱 뚜렷하다. 동양에서는 예로부터 자연친화적인 삶의 방식을 추구해 왔다. 사람들은 삶이 불만족스러울수록 더욱 강렬하게 이상향을 추구했는데, 그때마다 자연은 삶의

---

8 김수이, 「'부지깽이'로 쓴 따뜻한 동시들」, 『나무도 나무 나름 쓸모도 쓰기 나름』 해설, 랜덤하우스중앙, 2006, 131쪽.

고통을 덜어 주고 새로운 희망이나 활력을 불어넣어 주는 공간으로 인식되어 왔다. 그러나 서양에서 자연을 인식하는 방법은 이와 달랐다. 서양의 경우 자연은 인간이 정복하고 지배해야 할 객관적 대상으로, 주로 인간의 존속과 번영의 관점에서 그 가치가 인정되었다.

자연에 대한 이러한 상반된 태도는 그 인식의 바탕이 되는 동서양의 철학적 차이에서 비롯된다. 즉, 동양철학에서는 전통적으로 모든 만물은 서로 유기적인 관계를 맺고 있는 것으로 파악한다. 존재론적 차원에서의 이러한 일원론적 세계관은 불교의 연기법(緣起法)이나 노장사상의 '도'와 같은 개념에서 특히 두드러지게 나타난다. 이에 반해 서양에서는 전통적으로 이성을 중시하여 영혼과 육체, 정신과 물질, 주체와 객체를 구별하는 이원론적 세계관을 취해 왔다. 또한 기독교의 영향으로 인간은 모든 피조물 가운데 특별히 고려되어 창조된 유일한 존재라는 인간중심적 세계관이 강하게 작용했다.

그 결과 서양에서는 일찍이 인간이 자연을 착취하고 지배하는 것이 정당화되었다. 하지만 이와 같은 서양의 인간중심적 세계관은 오늘날 많은 지탄을 받고 있다. 인간이 형이상학적으로 유일한 존재라는 사고의 편협성으로 자연을 무자비하게 정복하고 착취하여, 현재의 생태적 위기 상황을 초래했다는 비판의 목소리가 높다. 그래서 최근의 생태학적 담론을 보면 환경문제를 해결하기 위한 가장 바람직한 대안으로, 서양의 인간중심적 세계관의 틀에서 벗어나 보다 생태중심적인 동양의 세계관으로 전환을 촉구하는 경향을 보인다.

박이문은 오늘날 생태적 위기의 근본 원인은 인간이 자신들만의 번영을 위해 자연을 무자비하게 착취한 데서 찾을 수 있다며, 환경문제를 해결하기 위해서는 "인간중심적 세계관에서 생태중심적 세계관으로의 코페르니쿠스적 전환"[9]이 반드시 필요하다고 말한다. 이것은 인간과 자연이 대등한 관계로써 서로 존중하고 평화로운 관계를 맺어야 한다는 것을 주장한 것으로, 환경문제를 해결하기 위한 좀 더 근원적인 접근 방법이라고 말할 수 있다.

그런데 이문구의 동시에는 생물 평등주의를 앞세운 아르네 네스의 심층 생태학뿐만 아니라, 코페르니쿠스적 세계관의 전환을 통해 위기를 극복하고자 하는 박이문의 주장과 부합하는 작품들이 많다. 산업화로 급변하는 농촌의 실상을 질펀한 충청도 사투리에 담아 신랄하게 비판해 온 농촌소설가답게, 이문구의 동시에는 자연을 노래한 작품들이 가장 많은 수를 차지한다. 동시집 어느 곳을 펴 보아도 은은하고 편안한 자연의 모습과 대면할 수 있으며, 이를 통해 평소 자연에 대한 그의 정서와 사상이 어떠했는지를 쉽게 확인할 수 있다.

미리 밝히자면 이문구는 자연을 그저 단순히 하나의 객관적 대상으로만 파악하지 않는다. 그의 동시에 나타난 자연의 모습을 관찰해 보면, 그는 기본적으로 동양의 전통적인 자연관을 계승하고 있다. 그래서 이문구의 동시에서 자연은 그 자체로써의 가치보다는 다른 사물 및 인간과의 유기적인 관계 속에서 더 높은 가치와 의미를 지닌다.

> 오다 말다 가랑비
> 가을 들판에
> 아기 염소 젖는

---

9 박이문, 「환경문제 해결의 실천적 방법」, 『환경철학』, 미다스북스, 2002, 196쪽.

들길 시오리.

개다 말다 가을비
두메 외딴집
여물 쑨 굴뚝에
연기 한 오리.

－「가을비」 전문 (『개구쟁이 산복이』)

우물가에 핀
분꽃을 보고
꼬부랑 할매
저녁 차비 하시네.
눈이 어두워
시계는 못 봐도
분꽃이 피면
해거름녘
쌀뜨물을 받아서
분꽃에 주시네.

－「분꽃이 피면」 전문 (『산에는 산새 물에는 물새』)

이 동시들은 그와 같은 이문구의 자연관을 잘 보여 준다. 먼저 「가을비」는 자연현상인 비가 동물인 아기 염소와 두메 외딴집과 어울려 더욱 쓸쓸한 가을 모습을 환기시킨다. 「분꽃이 피면」의 경우에는 각각의 자연물인 분꽃과 꼬부랑 할매가 잘 어울려 해거름녘 맑은 시골의 정취를 만들어 내기도 한다. 특히, 「분꽃이 피면」에서의 분꽃과 꼬부랑 할매의 모습은 '일체 모든 만물은 서로 의지하고 관련이 있다'는 불교 연기법(緣起法)의 핵심사상인 상의상관(相依相關)을 떠올리게 한다. 이처럼 이문구의 동시에는 자연현상을 비롯해 자연에 존재하는 사물들이 서로 유기적으로 결합되어 하나의 풍경으로 자리 잡고 있다.

눈이 얼마나 왔었나
호수엔 물이 가득 실리고,
호숫가에 거꾸로 선
수양버들 그림자
발 고운 울바자처럼
가지런하다.
그 속에
한 다리 접고 선
백로 한 마리
꼭 우리 속에 들어 있는
거위 같고.
　　　　　　　　－「호숫가에서」 전문 (『산에는 산새 물에는 물새』)

두 노인만 사시는
오두막집
밤 깊어 도란도란
누가 왔을까.
들리다 말나
무슨 얘길까.
별밖에 없는
외딴 마을에
잠 안 오는 두 노인
하고 또 하는 소리.

-「오두막집」전문 (『개구쟁이 산복이』)

앞의 동시와 마찬가지로 이 동시들 역시 자연과 동화된 사물의 모습을 잘 보여 주고 있다. 하지만 이들 동시는 자연과 사물이 동화된 깊이에서 큰 차이가 있다. 「호숫가에서」는 '호수'라는 자연물과 또 다른 자연물인 '눈', '수양버들', '백로'가 잘 어우러져 일체를 이루고 있는 자연 풍경을, 「오두막집」은 친숙하고 편안한 형태로 자연 속에 깃들어 살고 있는 외딴 마을 오두막집 두 노인의 삶을 형상화하고 있다. 그런데 이들 동시를 보면 각각 놓여 있는 사물들의 모습이 너무 자연스러워 좀처럼 인위적인 구석을 찾아볼 수가 없다. 그래서 있는 그대로의 자연의 모습을 강조한 노장사상의 '무위자연(無爲自然)'의 높은 경지를 보여 준다.

하지만 자연을 노래한 이문구 동시의 매력은 시인의 창조적 상상력에 의해 내면화되고 재질서화된 자연의 모습에 있다. 바슐라르는 물질적 상상력에 관한 자신의 시론을 밝힌 저서에서 "우리가 특히 주의를 기울이고자 한 것은, 식물처럼 자라나는 물질적인 기능에 대한 내면적 상상력"[10]이라며, 이러한 물질적 이미지의 변환에 의한 역동적 상상력을 높이 평가한 바 있다. 그런데 이문구의 동시를 보면 한 편의 작품에 두 개 이상의 물질적 이미지가 결합하여 새로운 물질적 이미지를 만들어 내는 장면들이 많이 등장한다. 그리고 이와 같은 물질적 이미지의 결합과 변환은 이문구의 동시에서 보다 역동적인 자연의 모

---

10 가스통 바슐라르, 이가림 옮김, 「상상력과 물질」, 『물과 꿈』, 문예출판사, 1980, 7쪽.

습을 만들어 낸다.

감나무집 기운 굴뚝에
하늘색 연기 하늘하늘
갈퀴나무 한 짐 긁어
저녁밥이 이르네.

닥나무집 그은 굴뚝에
구름색 연기 뭉게뭉게
젖은 장작 굵게 패어
쇠여물이 늦었네.

집집마다 빈 마당
어스레한 땅거미.

—「저녁 연기」 전문 (『개구쟁이 산복이』)

소쩍 소쩍 소쩍새
별을 딴다.
울넘어에서 따도
아득하게 들리고
아랫말에서 따도
또렷하게 들린다.

솟쩍 솟솟쩍
날카로운 부리로
새벽까지 따서
총총하던 하늘이

듬성듬성하다.

―「소쩍새」 전문 (『이상한 아빠 1』)

이 동시들은 서로 다른 물질적 이미지들이 결합하여 자연의 생명력을 더욱 높여 주고 있는 작품의 좋은 예이다. 첫 번째 동시 「저녁 연기」는 각기 다른 물질인 "굴뚝 연기(공기-기체)와 나무(수액-물)가 합일되면서 또 다른 자연(저녁밥)"[11]을 만들어 내고 있다. 또한 두 번째 동시 「소쩍새」는 서로 이질적인 물질인 "소쩍새의 울음소리"와 "별"이 화자의 상상력 속에서 결합해, 소쩍새의 울음소리가 곧 별을 따는 소리로 자연스럽게 변환됨으로써 그 생명력이 더욱 배가된다.

병아리 모이 찾던
빈 마당 안팎에
사락사락 내리는
싸라기눈.
알알이 여물었네
싸라기눈.

하늘은 농사도 안 지었는데
어떻게 이런 쌀 풍년일까.

북풍 칼바람에
달이 얼더니

---

11 박덕규, 「낮은 산 실개천으로 흐르는 은하수 싸라기눈」, 『풀 익는 냄새 봄 익는 냄새』 해설, 랜덤하우스중앙, 2006, 136쪽.

은하수가 얼어서
쏟아진 거야.
요즘엔 은하수가
안 보이더니
이렇게 얼어서
쏟아진 거야.

－「싸라기눈」 전문 (『개구쟁이 산복이』)

그러나 이문구 동시의 진정한 매력은 이러한 물질과 물질의 결합에서부터 한 걸음 더 나아간 데서 얻어진다.[12] 이 동시는 앞의 동시들과 별반 차이가 없어 보이지만 자세히 살펴보면 각기 다른 물질이 새로운 양상으로 결합되어 있음을 알 수 있다. 이 동시에서 작가의 상상력은 1연의 '싸라기눈'에서 2연의 '쌀'로 이어지고, 3연에서 보는 것처럼 '은하수'가 얼어서 그렇게 된 것으로 발전한다. 즉, 앞의 동시들처럼 두 개 이상의 물질의 결합에 의해 새로운 물질적 이미지의 변환이 아니라, '은하수→싸라기눈→쌀'과 같이 순차적으로 물질적 이미지의 변환을 일으키는 경우이다. 그래서 더욱 생동감이 넘치는 자연의 모습을 담아내고 있다.

이처럼 자연을 노래한 이문구 동시의 특징은 전통적인 동양의 자연관을 바탕으로 히고 있다. 그의 동시에서 인간을 포함한 모든 자연물은 서로 대등한 관계로 자연스럽게 동화되기도 하고, 때로는 시인의 상상력 속에서 서로 물질적 결합과 변환을 일으켜 더욱 역동적인 모

---

12 박덕규, 앞의 책, 137쪽.

습을 만들어 내기도 한다. 그때문에 "심층 생태학은 인간이 자연과의 일체 의식을 가지고 그에 따르는 감수성과 감각을 지닐 것을 기대한다."[13]는 이남호의 견해와도 잘 어울린다. 그런 점에서 이문구의 동시는 최근 자연에 대한 인식의 전환을 통해 환경문제를 해결하려는 심층 생태학적 측면에서 높은 가치가 있다. 또한 오늘날 지나치게 자본주의 물질문명에 경도(傾倒)됨으로써, 자연으로부터 멀어지고 있는 우리들의 자연의 본성을 일깨워 주는 데 크게 기여할 수 있을 것으로 기대된다.

4. 21세기 새로운 생태문학을 꿈꾸며

지금까지 살펴본 바와 같이 이문구의 동시는 생태문학의 두 가지 접근 방식인 표층 생태학과 심층 생태학 양면을 모두 수용하고 있다. 우선 표층 생태학적 입장에서 환경문제를 다룬 이문구 동시는 순수한 동심의 세계를 그린 그의 다른 동시들과 달리 상당히 비판적이다. 그는 오늘날 전방위적으로 진행되고 있는 환경 파괴 현장을 낱낱이 고발하고 있는데, 그 근저에는 인간중심적 세계관 및 자본주의 물질문명에 대한 강한 거부감이 도사리고 있다. 그때문에 그의 동시가 아이들에게 좋지 않은 영향을 끼칠 수 있다는 지적도 있다. 하지만 그것은 현재의 위기 상황을 올바로 직시함으로써 보다 나은 세상을 만드는 것이 더욱 중요하다는 그의 의도에서 비롯된 것으로 보인다.

---

13 이남호, 「녹색문학을 위하여」, 『녹색을 위한 문학』, 민음사, 1998, 25쪽.

또한 심층 생태학적 입장에서 살펴본 이문구의 동시는 전통적인 동양의 자연관을 계승하고 있다. 예로부터 동양에서는 모든 만물은 서로 유기적인 관계를 맺고 있다는 인식 아래 자연친화적인 삶을 추구해 왔다. 이문구의 동시 역시 이러한 자연관을 바탕으로 인간과 자연, 자연과 자연이 잘 어우러진 풍경을 담아내고 있다. 그래서 세상의 이치를 연기로 파악한 불교 및 무위자연의 도를 강조한 노장사상을 떠올리게 하는 장면들이 많이 등장한다. 게다가 이들 동시에 등장하는 사물들은 시인의 상상력 속에서 결합과 변환을 거쳐 새로운 물질적 이미지를 만들어 냄으로써, 매우 독특한 서경시의 면모를 띠고 있다.

　그런 까닭에 이문구의 동시는 환경오염에 대한 직접적인 정보를 제공하여 생태적 위기의 심각성을 일깨워 주기도 하고, 때로는 좀 더 근원적인 방법으로 자연 친화적인 감수성을 불러일으켜 생태적 의식을 고취시키기도 한다. 또한 그의 동시는 생태문학의 일반적인 경향과 달리 후기로 접어들수록 표층 생태학적 성향을 띠고 있다. 어른과 달리 자연에 대한 친숙성 정도가 많이 부족한 요즘 어린이들의 특성을 감안하면, 그의 이러한 선택은 올바른 것으로 보인다. 이와 같은 점에서 이문구의 동시는 생태학적으로 각별한 의미를 지니며, 생태문학의 측면에서 하나의 발전적 대안이 될 수 있을 것으로 생각된다.

　이미 언급한 것처럼 환경문제는 21세기 인류가 당면한 가장 중요한 문제임이 분명하다. 그럼에도 불구하고 아직까지 담론 수준에서 맴돌 뿐 가시적인 성과를 얻어 내지 못하고 있다. 생태문학에 대한 논의 역시 그 기대만큼 활성화되고 있지 못하다. 이는 오늘날 환경 위기 상황에는 다들 공감하면서도 그것을 바라보는 관점이나 해결 방법에 있어서 각기 다른 태도를 보이고 있기 때문이다. 하지만 생태적 삶과 기계 문명적 삶 사이에서 이러한 우리들의 이중성은 더욱 커다란 고통을 불러올 가능성이 크다. 섣불리 극단적인 부정론에 휩쓸려 인류 문명을 전면 부정해서도 안 되지만, 그렇다고 지나친 낙관론에 치우쳐 인류 생존을 파국으로 몰아가서는 더더욱 안 될 것이다.

따라서 지금 우리에게 필요한 것은 현재 우리 인류가 직면한 심각한 생태적 위기 상황을 올바로 직시하고 다함께 지혜를 모으는 일이다. 그런 의미에서 이 분야에 대한 우리 문학인들의 관심과 노력이 더욱 절실히 요구된다. 문학은 본질적으로 인간의 감성과 감각에 호소함으로써 정신을 고양시키는 데 가장 적합한 양식이기 때문이다. 더욱이 아동문학은 다음 세대의 주인공인 어린이들의 올바른 성장을 돕는 만큼 그 역할이 더욱 중요하다고 말할 수 있다. 앞으로 이 분야에 대한 우리 아동문학 작가들의 보다 적극적인 활동을 기대해 본다.

－웹진 〈동화읽는가족〉 2007년 여름호

김은영 동시의 변모 양상과 **문학적 의의**

1. 동시와 동심

　동시는 불특정 다수를 대상으로 씌어지는 성인시와 달리 아동을 주된 대상으로 삼는다. 이것은 아동문학의 본질과 직결되는 것으로 성인과 아동의 지적 수준이나 경험의 차이로 인한 부득이한 사정에서 비롯된다. 이런 특수성으로 말미암아 동시는 성인시와 다른 존재 가치를 지니며, 동시인은 성인시를 쓰는 작가보다 더욱 까다로운 준비 과정을 요구받는다. 즉, 동시인은 문학 일반에 대한 기본적인 소양과 함께 그 주된 독자인 아이들의 세계에 대한 충분한 이해를 갖고 있어야만 한다.

　그러나 성인인 동시인이 순수한 의미에서의 동심을 온전히 이해하기란 그리 쉬운 일이 아니다. 비록 한때 동심의 세계를 경험했다고는 하지만 아직 세파에 물들지 않은 아이들처럼 어떤 고정관념을 개입시키지 않고 순수한 마음으로 세상을 바라보는 것은 애당초 불가능한 일이다. 그래서 동시인은 성인시를 쓰는 시인들보다 작품을 창작하는 데 있어 더 많은 어려움을 겪게 된다. 적어도 동시인이라면 기본적으로 아동문학의 핵심이라고 할 수 있는 동심에 대한 올바른 이해와, 그것을 바탕으로 아이들이 쉽게 이해할 수 있는 적절한 내용과 형식을 취할 수 있는 능력을 갖추어야 하기 때문이다.

그런데 문제는 이 '동심'에 대한 이해가 시인마다 조금씩 다르다는 점이다. 물론 사전적 의미에서의 동심은 '어린이의 마음, 또는 어린이의 마음처럼 순진한 마음'을 뜻하지만, 아이들의 심리 상태를 전제로 한 이러한 동심의 개념은 매우 추상적일 뿐 아니라 관념적이어서 때로 치열한 문학 논쟁을 불러오기도 한다. 우리 아동문학사를 검토하다 보면 맞닥뜨리게 되는 몇 차례의 굵직한 논쟁들, 즉 1920년대 '동심천사주의'와 관련된 논쟁과 1930년대 순수문학과 프로문학 진영 간의 이념 논쟁, 1960년대 자유시 논쟁과 1970년대 기교주의 동시에 대한 논쟁, 또한 가장 최근에 벌어진 이오덕의 '일하는 아이들'을 둘러싼 논쟁의 배경을 살펴보면 모두 동심을 바라보는 시각의 차이에서 비롯된 것임을 알 수 있다.

이 점에 대해서 최지훈의 다음과 같은 지적은 상당히 수긍할 만하다. 그는 어린이의 속성은 여러 가지로 얘기될 수 있으나 아동문학 속에 드러나는 기본적인 속성은 '미숙성'과 '순수성'으로 압축되는데, 이 두 가지 속성 가운데 '미숙성'은 아동문학의 존재 이유가 되고 '순수성'은 아동문학의 미학적 근원과 동기가 된다고 말한다. 그런데 이 두 가지 속성을 제대로 파악하지 못하고, 어느 한 속성만을 강조함으로써 서로 다른 경향의 아동문학이 형성되어 온 것이 적어도 1980년대

말까지의 현실이었다고 지적한다.[1]

그런데 이와 같은 동심에 대한 논의를 대할 때마다 아쉬운 것은 이들 논의가 대부분 시인 본위의 생산자적 관점에서 이루어져 왔다는 점이다. 즉, 동심의 속성을 '미숙성'으로 파악한 시인은 작품을 통해 어린이를 계도하는 데 중점을 두었고, 동심의 속성을 '순수성'으로 파악한 시인은 오로지 작품의 미학적 측면에만 치중함으로써, 정작 아동문학의 수용 주체인 어린이에 대해서는 충분히 고려하지 못한 것이 우리 아동문학의 실정이었다.

그런 점에서 "동시는 동심의 시다."[2]라는 이원수의 정의나, "어린이 문학이 생겨나기 위해서는 먼저 어린이가 단순히 어른의 축소판이 아니라 독자적인 요구와 관심을 가진 존재로서 인정받을 수 있어야 한다."[3]는 존 로 타운젠드의 말은 시사하는 바가 크다. 하지만 이처럼 시인이 자신의 의도를 전면에 내세우지 않고 천진무구한 아이들의 동심을 있는 그대로 시의 그릇에 담아내는 것은 매우 어려운 노릇이다. 따라서 동시인은 어떠한 사물에서든 동심을 발견할 수 있는 눈을 지니지 않고서는 훌륭한 작품을 생산해 낼 수가 없다. 평소 어린이의 눈과 마음으로 깊은 애정을 갖고 세상을 바라보아야만 독자들의 요구에 부합할 수 있는 작품을 쓸 수가 있다.

권오삼은 오래전 한 대남에서 "우리가 '동시란 무엇이냐' 할 때, 첫째는 '어린이의 눈과 마음으로 사물이나 세계를 본다'는 것이고, 둘째

---

1 최지훈, 「아동문학의 새로운 이해」, 『어린이를 위한 문학』, 비룡소, 2001, 51~53쪽 참조.
2 이원수, 「동시론」, 『아동문학입문』, 소년한길, 2001, 299쪽.
3 존 로 타운젠드, 강무홍 옮김, 「어린이문학의 시작」, 『어린이책의 역사 1』, 시공사, 1996, 13쪽.

는 '어린이의 마음, 감정, 생활 세계를 표현한다', 셋째는 '시인이 어린이를 위해서 준다', 이렇게 세 가지로 규정할 수 있다."[4]고 말한 바 있다. 그는 자신의 오랜 창작 경험에 비추어 볼 때 이 세 가지 규정 가운데 첫째의 자세를 취할 때 상투성에 빠지지 않고 가장 좋은 작품을 쓸 수 있었다고 밝히고 있는데, 이와 같은 그의 말은 동시의 창작 및 평가에 있어서 매우 의미 있는 준거를 마련해 준다.

그런데 이러한 준거를 갖고 김은영의 동시집을 탐색해 보면 대단히 흥미로운 사실이 발견된다. 지금까지 발표된 세 권의 동시집의 흐름이 앞서 권오삼이 동시를 창작함에 있어서 가장 바람직한 것으로 규정한 방향을 향해 나아가고 있음을 알 수 있다. 물론 이러한 시적 변화는 우연이 아니라 김은영의 부단한 노력이 만들어 낸 결과이지만, 아무튼 해를 거듭할수록 그의 동시집에 나타난 동심은 실제 아이들의 세계에 훨씬 가깝게 느껴진다. 이에 이 글에서는 현재 우리 아동문학에서 주목받는 시인 가운데 하나인 김은영의 동시를 중심으로 그 변화 양상을 살펴보고, 그 문학적 성과에 대해 알아보고자 한다.

2. 어른의 시선 속에 내재된 동심의 세계

『빼앗긴 이름 한 글자』(창작과비평사, 1994)는 김은영의 첫 동시집이자, 그를 리얼리즘 계열의 시인으로 각인시킨 대표적인 동시집이다. 1990년대 농촌을 배경 삼아 씌어진 동시들을 엮은 이 동시집은 "삼천

---

4 권오삼, 「변화무쌍한 현실이야말로 시의 원천」, 〈어린이문학〉, 한국어린이문학협의회, 2001년 11월호, 68쪽.

리 강산 개구리야/우리 쌀 먹자고 울어 다오/우리 먹을거리 지키자고 울어 다오"(「개구리야, 삼천리 강산 개구리야」 부분)처럼 더러 화자의 목소리가 지나치게 시의 표면에 도드라진 동시들도 있지만, 대체로 맑고 따뜻한 분위기를 띠고 있다.

이 동시집에 실린 동시들은 크게 시골 풍경을 읊은 시, 농촌 사람들의 삶의 애환을 노래한 시, 농촌 파괴의 실상을 고발한 시로 나눌 수 있는데, 한결같이 시적 진정성이 강하게 묻어난다. 이것은 이들 동시가 대부분 김은영 자신의 농촌 체험과 사물에 대한 섬세한 관찰을 토대로 씌어졌기 때문이다.

이런 사실은 "언제 보아도/엄마 얼굴처럼 푸근한//여름내/시들지 않는 꽃//눈 감고도/어디 피었는지 아는 꽃"(「호박꽃」 부분)처럼 요란한 기교 없이 한 폭의 풍경화처럼 생생하게 시골 풍경을 묘사한 작품이나, "맨살 드러낸/두 어깨와//군데군데/옷감 땀에 삭아/구멍난 자리//해님이 그려 준/검은 무늬가 있다/허물을 벗고 있다"(「아빠의 등」 부분)처럼 농촌 사람들의 삶의 모습을 사실적으로 담아낸 작품들에서 얼마든지 확인이 가능하다.

> 처음엔 나도 몰랐어
> 호박꽃 속에 든 게 양벌이란 것을
> 우리 나라 벌이 많은 곳에선
> 사이 좋게 살지만
> 양벌들의 수가 많아지면
> 싸움을 일으켜
> 몸집이 작은 우리 나라 벌들을

마구 죽인단다

　　　　　　　　　　　　　－「빼앗긴 이름 한 글자」 부분

피사리는
고개를 옆으로 숙이고
벼를 멀리 보면서 하는 거란다

낫질은
두 발을 알맞게 벌리고 해야
다치지 않는단다

삽질은
배꼽 떨어지지 않게
마른 땅 옆을 질러 놓고 뜬단다

아버지 말씀하실 때마다
어머니는
어린애한테 그런 걸 가르쳐서
뭣에 쓰냐고 성화다

그 때마다 아버지는
농사꾼 자식이 농사일 모르고서
어떻게 세상일 두루 알겠냐며
농사일이 세상일과 똑같다고 하신다

　　　　　　　　　　　　　　　　－「농사일」 전문

그러나 이 동시집에서 다소 아쉬운 것은 위에서 보듯이 이들 동시들이 요즘 아이들의 정서와 잘 맞지 않는다는 점이다. 비록 상당수의 동시들이 어린이를 시적 화자로 내세우고는 있지만, 동시「빼앗긴 이름 한 글자」처럼 그들의 진술은 아이의 목소리가 아닌 어른의 것에 더 가깝다. 그리고「농사일」이나 "조마조마/한 손으로 문고리 잡고/한 손으로 바지춤 추스르는/공중 변소보다/커다란 항아리 위에/나무 발판 얹은/우리 집 변소에/앉으면/……/마음도/아랫배도/후련해요"(「우리 집 변소」부분)처럼 그 시적 배경이 1990년대 농촌의 모습이 아닌 그 훨씬 전의 농촌 모습이라고 보아야 옳다.

나는
그제서야 깨달았습니다
어둠도 길들이면
밝게 보인다는 것을

—「전기 나간 밤」부분

하늘은 아마도
그게 슬퍼서
저녁이면
얼굴이 붉게 물드는가 봅니다

—「하늘」부분

질퍽질퍽
미끌미끌
노란 장화 신는
봄이 오네

—「봄이 오네」부분

또한 위의 동시들처럼 아이들이 쉽게 이해하기 어려운 관념적인 표현이나, "고추를 따고 돌아와/마당 쓸어 모으고/두엄자리 젖은 콩대 넣고/불을 지피면/토방 밑 낮게 흐르는/연기/강"(「모깃불」 부분), "뒤뜰에 감꽃처럼/텃밭에 깨꽃처럼/촘촘히 피어나는/개구리 울음 소리꽃"(「시골 밤에 피는 꽃」 부분)처럼 지나치게 멋을 부린 탓에 전체적인 시의 리듬을 손상시키고 있는 작품들도 여럿 보인다.

　이런 현상은 아직 자신의 시 세계가 뚜렷하게 확립되지 않은 신인들의 작품에서 흔히 목격할 수 있는 사례로, 동시집의 머리말에서 김은영이 밝혔듯이 이들 동시가 현재 농촌의 모습이 아닌 어릴 적 자신이 체험한 내용을 바탕으로 창작되어졌기 때문이다. 다시 말해서 권오삼이 규정한 세 번째 동시의 유형인 '시인이 어린이를 위해서 준다'는 시인의 의식이 독자를 배려하는 마음보다 먼저 앞섰기 때문이다.

　모든 문학작품이 작가의 체험의 소산이지만 문학적 감동은 작품과 독자 사이에 경험을 공유할 때 비로소 가능해진다. 특히 이 점은 성인이 아이들에게 읽힐 목적으로 창작하는 아동문학 작품에 있어서 간과해서는 안 될 매우 중요한 사항이다. 따라서 작가가 단순히 자신의 의식 속에 내재되어 있는 동심에만 의지해 창작을 하게 되면, 필연적으로 독자와의 소통에 거리가 생기기 마련이다. 이 동시집에 실린 동시들이 아이들의 정서보다 오히려 어른의 정서에 더 가깝게 느껴지는 것은 바로 그때문이다.

　첫 동시집을 펴내고 나서 많은 독자들로부터 대단한 호응을 받았음에도 "어떻게 하면 아이들에게 읽히는 시를 쓸 수 있을까?"[5]하고 고민한 것을 보면, 정작 김은영은 자신의 동시가 아이들에게 잘 맞지 않는다는 것을 일찌감치 간파한 것 같다. 초등학교 현장에서 아이들을 가르치는 그의 직업상 어쩌면 그것은 당연한 결과인지 모른다.

3. 관찰자적 입장에서 바라본 동심의 세계

그래서일까? 김은영의 두 번째 동시집 『김치를 싫어하는 아이들아』(창작과비평사, 2001)는 첫 동시집과 사뭇 다른 모습을 보여 준다. 이 동시집은 겉으로 보기에는 비교적 첫 동시집의 맥을 그대로 잇고 있는 것으로 보인다. 하지만 좀 더 자세히 살펴보면 몇 가지 점에서 두드러진 차이를 발견할 수 있다. 우선 첫 동시집에서 거의 모습을 드러내지 않았던 아이들이 많이 등장한다.[6] 또한 첫 동시집에서 빈번하게 나타났던 관념적 표현들과 시의 표면에 거칠게 도드라졌던 화자의 목소리

---

5 김제곤에 의하면 김은영은 한 자리에서 자신에게 "우리 동시의 경향이 리얼리즘과 모더니즘 경향으로 크게 구분된다고 전제할 때, 요즘 아이들의 생리에 맞는 동시는 과연 어느 쪽이겠는가"하고 물은 적이 있다고 한다.(김제곤, 「자기 위안인가, 소통에 대한 고민인가」, 『아동문학의 현실과 꿈』, 창작과비평사, 2003, 169~170쪽 참조.) 또한, 김은영은 한 인터뷰에서 "컴퓨터 등의 영향으로 말이 점점 짧아지는 촌철살인의 시대에 왜 시가 안 읽히는지 의아합니다. 물론 다른 이들은 동시가 아이들의 삶과 멀리 떨어져 있기 때문이라고, 아이들은 없고 풍경만 있기 때문이라고 말하지요. 저는 지금도 그 까닭을 생각하고 있습니다"하고 밝힌 바 있다.(공혜조, 「자연속 아이들과 시심을 나누는 시인 김은영」, 웹진 〈열린 어린이〉, 2002년 6월호.)
6 첫 동시집의 경우에도 시적 화자 대부분은 아이들로 되어 있다. 하지만 구체적으로 아이의 이름이 등장하는 작품은 두 편뿐이다. '우식'이라는 아이의 이름이 그것인데, 이 아이는 동시 「우식이」와 「어머니 2」에 한 번은 시적 화자로, 또 한 번은 시적 대상으로 등장한다. 그러나 두 번째 동시집의 경우에는 동시의 제목뿐만 아니라 작품 속에 등장하는 아이 이름만 해도 찬주, 미선, 동국, 형준, 성현, 승주, 시준, 은샘, 영실, 예진, 지현 등 열한 개나 된다.

가 현저하게 줄어든다. 그때문에 첫 동시집에 비해 한결 정갈해진 느낌이다.

　그러나 이 동시집이 첫 동시집과 확연히 차이를 보이는 대목은 다름 아닌 시적 화자와 시적 대상 사이의 거리이다. 즉, 첫 동시집이 주로, 1인칭 화자가 곧 시의 주체로서 자신이 보고 느낀 감정을 진술하고 있는 데 반해, 이 동시집의 경우 화자는 시적 대상에 자신의 감정을 개입시키지 않고 객관적인 태도로 이야기를 풀어내고 있다. "육학년 미선이 누나 화났다/누가/하얀 운동화 한 짝/화단에 내동댕이쳤을까//씩씩거리며/깽깽이발로 뛰어가던/미선이 누나/갑자기 배꼽 빠져라 웃는다"(「찬주네 땅개」 부분), "하지만 짝이 없던 시준이/울타리 밖으로 달려가더니/여섯 살 은샘이를 데려왔다/마침내 남자끼리 편이 딱 맞았다."(「분교 일요일」 부분)에서 보듯이, 화자는 시적 대상에 동화되지 못하고 그저 단순히 관찰자의 위치에 머물러 있을 뿐이다.

　이러한 경향은 위의 동시들처럼 김은영 자신이 근무하는 분교 아이들의 일상을 노래한 작품에만 국한되지 않는다. 오늘날 농촌의 실상 및 생태 문제를 다룬 동시에서도 마찬가지로 나타난다.

어떡하나
엄마는
차마 몰랐네

아침 나절
아버지가 농약 친 것을
풀 죽이는 농약 친 것을.

—「엄마와 찔레」 부분

찻길 보이는
툇마루에 앉아서
하얀 머리 긁적긁적
담배만 뻐끔뻐끔.

—「뻐꾸기 할머니」 부분

동시 「엄마와 찔레」는 아버지가 아침 나절 "산밭머리 양지쪽/찔레
덩굴"에 풀 죽이는 약인 제초제를 뿌린 사실을 알지 못하는 두 모녀가
다정한 모습으로 찔레꽃을 따먹는 대단히 비극적인 상황을 노래하고
있는 작품이다. 또한 동시 「뻐꾸기 할머니」는 오늘날 농촌이 자생력을
잃게 되면서 버려지듯 남겨진 할머니가 도시로 떠난 자식과 손자를
애타게 기다리는 모습을 담아낸 작품이다. 그런데 위에서 보듯이 시
의 화자는 그저 멀찌감치 떨어진 자리에서 그 상황을 담담히 이야기
할 뿐 좀처럼 자신의 감정을 드러내지 않는다.

이 외에도 이 동시집에는 시적 화자와 시적 대상 사이에 상당한 거
리감이 느껴지는 동시들이 많다. 이것은 시인이 '받아쓰기'[7]하는 마음
으로 객관적 세계를 그려 내고 있기 때문이다. 이러한 창작 태도는 권
오삼이 규정한 '어린이의 마음, 심정, 생활 세계를 표현한다'의 둘째
유형에 속하는 것이라고 할 수 있는데, 그때문인지 첫 동시집에 실린

---

7 이 동시집의 머리말을 보면 작가는 "어린이들과 같이 살아가면서도 어린이들의 마음을 잘 몰라.
들은 대로 보이는 대로 어린이 여러분과 이웃 사람들의 삶을 받아쓰기하는 마음으로 정성을 다하
여 썼습니다."하고 창작 배경을 소상하게 밝히고 있다.

동시들에 비해 호소력은 상대적으로 많이 떨어지는 편이다. 그래서 김제곤 역시 이 동시집에 대해서 "고단한 농촌 현실을 그저 물끄러미 바라보는 관찰자의 시선이 너무 자주 드러나고, 어두운 현실을 현상 자체로 그리고 마는 한계를 보이고 있다는 생각이 든다."[8]고 지적하고 있다.

그러나 시인이 이와 같은 관찰자적 입장에서 객관적인 세계를 그려내는 것이 반드시 나쁜 것만은 아니다.

> 검정 비닐 속에서도
> 풀이 살았네
>
> 깜깜한 어둠 속
> 터질 듯한 숨을 참고
> 구멍 난 곳까지
> 기어 나와서
>
> 삐죽
> 머리를 내밀었네
>
> 풀도
> 눈이 있나 보네.
>
> ─「풀의 눈」 전문

---

8 김제곤, 앞의 책, 168~169쪽.

섬세한 관찰을 바탕으로 풀의 강인한 생명력을 노래한 이 동시는 시적 화자와 대상 간에 어느 정도 거리를 확보함으로써, 오히려 독자가 시인의 감정에 휘둘리지 않고 보다 객관적인 상황에서 시적 진술에 몰입하게 된다. 이처럼 시인이 관찰자적 입장에서 사물 및 세계를 그리게 되면 과도한 감정 이입을 사전에 차단하여 보다 객관적으로 본질에 접근할 수 있는 장점이 있다.

그럼에도 이 동시집에 실린 동시들은 첫 동시집에 비하면 동심에 더욱 가까워진 것이 사실이지만, 아직은 같은 층위를 이루고 있다고 보기에는 어렵다. 그나마 다행스러운 것은 이 동시집 제5부에 실려 있는 동시들의 경우 아이들의 동심의 세계에 비교적 근접하고 있음을 보여 주고 있다는 것이다.

> 방문을 열면
> 닭들이 나란히 서서
> 나를 지켜본다
>
> 울타리로 다가가면
> 쪼루루루 몰려나와서
> 고개를 갸웃거려
>
> 혹시
> 모이 줄까 하고
>
> 그런데
> 모이 안 주고

달걀만 꺼내올 때

닭들에게 미안해.

-「닭들에게 미안해」 전문

이 동시는 그 가운데 대표적인 작품으로 한층 수준 높은 동심의 세계를 잘 표현하고 있다. 이 동시에서 화자는 방문을 열면 혹, 모이를 줄까 하고 나란히 서서 자신을 지켜보는 닭의 모습을 통해, "모이 안 주고/달걀만 꺼내올 때/닭들에게 미안"한 생각이 든다고 말한다. 객관적 대상인 '닭'의 행위와 어린 화자의 주관적 '감정'이 잘 결합해서 깊은 감동을 준다. 동시에 이 작품은 향후 김은영 동시가 전개될 방향과 그의 시심 변화를 짐작하는 데 훌륭한 지표가 된다.

4. 유머와 도시적 상상력을 통한 동심 끌어안기

김은영의 세 번째 동시집 『아니, 방귀 뽕나무』(사계절, 2006)는 앞의 두 동시집과는 여러 면에서 확연한 차이를 보인다. 우선 이 동시집은 다른 동시집이 농촌을 그 시적 배경으로 삼고 있는 데 비해 대부분의 작품들이 도시를 배경으로 씌어져 있다. 또한 「찬주네 땅개」처럼 이전 동시집에도 유머가 묻어나는 작품이 전혀 없는 것은 아니지만, 이 동시집에는 유머와 상상력 같은 요소들을 활용해 씌어진 작품들이 유난히 많다. 게다가 첫 동시집에서 자주 발견되었다가 두 번째 동시집에서는 거의 자취를 감추었던 관념적 표현들이 다시 재현되고 있다.

그러나 이 동시집이 이전 동시집과 가장 두드러진 차이점은 그동안 김은영의 동시에 일관되게 흐르던 농촌 및 전통문화의 파괴에 대한 비판의 목소리를 좀처럼 찾아볼 수 없다는 것이다. 그래서 김제곤의 지적처럼 첫 동시집에 비해 두 번째 동시집에서 그와 같은 기조가 조금 후퇴하였다면, 이 동시집에서는 아예 사라진 것이 아닌가 하는 생각이 들 정도이다. 그만큼 이 동시집에 실린 동시들은 예전 김은영이 리얼리즘 계열의 시인으로서 보여 주었던 작품과 대척점에 서 있는 작품들로 보인다.

이것은 "큰 학교로 옮기고 나서 시를 잘 못 써요. 흙을 만지지 않아서 그런지 시를 못 쓰겠어요. 아이들 신변잡기와 출퇴근 시의 단상 정도가 떠오를 뿐이죠. 전에 있던 학교와 환경이 워낙 달라서 일관된 시세계를 유지하기도 힘들고요."[9]와 같은 김은영 신변의 변화 때문이기도 하지만, 궁극적으로는 그러한 변화가 알게 모르게 그의 창작관에 깊은 영향을 끼쳤기 때문이다.

> 으르렁 드르렁
> 드르르르 푸우—
>
> 아버지 콧속에서
> 사자 한 마리
> 울부짖고 있다.
>
> 생쥐처럼 살금살금
> 양말을 벗겨 드렸다.

---

9 공혜조, 앞의 글.

－「잠자는 사자」 전문

내 코는
망가진 수도꼭지
훅! 훅!
들이켜서 잠가도
슬그머니
흘러내린다.

－「코감기 걸린 날」 부분

　이 동시집의 서두를 장식하고 있는 동시 「잠자는 사자」는 잠든 아버지의 양말을 벗겨 드리는 아이의 모습을 그리고 있다. 이솝우화 '사자와 생쥐'를 연상하게 하는 이 동시에서 화자는 아버지의 코고는 소리를 "아버지 콧속에서/사자 한 마리/울부짖고 있다."고 말한다. 그때문에 화자가 자신을 생쥐로 비유한 것이 자연스럽게 느껴진다. 또한 동시 「코감기 걸린 날」은 제목 그대로 감기에 걸린 날의 한 단상을 노래한 작품이다. 화자는 감기 때문에 콧물이 흘러내리는 것을 두고 "내 코는/망가진 수도꼭지"라고 재미나게 표현하고 있다.

　이처럼 이 동시집에 실려 있는 동시들은 아이들의 일상을 유머와 동심적 상상력을 통해 잘 그려 내고 있다. 이들 동시의 특징은 이전 동시집과 달리 대부분 아이들이 시적 주체로서 등장한다는 점이다. 그래서 그동안 김은영 동시의 약점으로 지적받아 온 소통의 거리감이 상당 부분 해소되고 있다. 동시 「번데기와 달팽이」는 그 대표적인 작품으로 시의 화자는 처음에 "홑이불을/똘똘 말고" 자는 자신을 번데기라고 지칭했다가 엄마가 "어서 일어나/껍데기 훌훌 벗고/나비가 되어야지."하고 말하자, 금세 태도가 돌변하여 "나 번데기 아니야/달팽이란 말이야/빨리 내 집 돌려줘."하고 우긴다. 조금이라도 더 자려고 하는 아이와 그런 아이를 깨우려는 엄마의 모습이 실감나게 그려져 있다.

그런데 이런 경향은 도시의 삶을 묘사한 동시에도 그대로 이어진다. 이 동시집에는 현대 과학 기술이 낳은 대표적인 문명의 이기인 아파트를 재미있게 노래한 연작시 세 편이 실려 있다.

아침마다
서랍장을 열고 나왔다가
밤이면
다시 서랍장 안으로 들어가서
차곡차곡 쌓인다
층층이 쌓여 잠든다.

—「아파트 1」부분

하수구는 오줌보
화장실은 큰창자
어느 것 하나 제 구실 못 하면
아파트는 끙끙 앓는다
우리 식구들 갑갑해진다.

—「아파트 2」부분

위의 동시는 그 가운데 두 편으로 다른 작품들과 마찬가지로 유머와 도시적 상상력을 빌어 아파트를 그려 내고 있다. 먼저 「아파트 1」의 경우 "사람들이/아침마다/서랍장을 열고 나왔다가/밤이면/다시 서랍장 안으로 들어가서/차곡차곡 쌓인다"에서처럼 아파트를 서랍장에 비유하고 있다. 또한 「아파트 2」의 경우는 위에서는 생략되어 있으나 "수도관은 핏줄처럼 이어져 흐르고/전기선들은 힘줄처럼 뻗쳐 있고"와 "하수구는 오줌보/화장실은 큰창자"라는 표현처럼 아파트를 하나의 생명체로 묘사하고 있다.

흔히 문학에서 도시와 자연은 서로 상충되는 개념으로 이해된다. 자연과 어우러진 삶의 공간으로써의 농촌이 따뜻하고 포근한 이미지를 갖는다면, 아파트를 중심으로 한 도시적 삶의 공간은 이웃 간의 소통이 단절된 메마르고 삭막한 이미지로 그려지는 것이 일반적이다. 따라서 이들 동시는 김은영의 이전 동시와 견준다면 대단히 파격적이라고 할 수 있다. 그럼에도 이 동시집에 실린 동시들은 '어린이의 눈과 마음으로 사물이나 세계를 본다'는 권오삼의 첫째 규정에 비교적 근접함으로써, 이전 동시에 비해 아이들의 정서에 가깝게 느껴지고 그만큼 순수한 아이들의 동심 세계가 잘 드러나 있는 것이 사실이다.

그러나 이 동시집에 실려 있는 동시들은 앞의 동시집과 마찬가지로 동일한 층위의 동심 세계를 이루는 수준에는 이르지 못하고 있다. "오디가 끝끝내/내 옷을 놓아주지 않는다."(「오디 귀신」 부분)나 "이글거리던/태양을 통째로 먹는다."(「포도를 먹으며」 부분)와 같은 아이들로서는 썩 이해하기 어려운 관념적 표현은 물론 "장맛비야 좀 쉬어라/방학 때는 오지 마라/너도 방학 좀 해라."(「장맛비에게」 부분)와 같이 상투성을 벗어나지 못한 시적 표현들이 여전히 눈에 띈다.

그런가 하면 "화장실에 갔다가/뿌~웅 헛방귀만 뀌고 왔는데/다시 아랫배가 부풀어 오른다.//때마침 운동장 너머 철길로/기차가 지나간다.//바로 지금이다/푹- 푹- 푸욱!/작게 길게 나누어 터뜨렸다.//휴! 살 것 같다."(「변비」 전문)와 같이 한때, 뚜렷한 주제 의식 없이 아이들의 일상을 그저 단순히 유희적 말놀이로 담아냈다고 하여, 리얼리즘 계열의 시인들로부터 호되게 비판받았던 작품들과 비슷한 성향의 동시들이 혼재해 있다. 이처럼 이 동시집은 그동안 김은영이 일관되게 유지해 온 시 세계와는 거리가 있지만, 이전 동시들에 비해 아이들과 소통하기에는 훨씬 수월해진 것으로 생각된다.

5. 근원적 동심의 회복과 극복해야 할 과제

지금까지 동심을 중심으로 김은영 동시의 시적 변모 양상을 살펴보았다. 그동안 김은영이 발표한 세 권의 동시집을 검토하는 과정에서 그의 동시집이 어떤 순차적인 흐름에 의해 변화되고 있음에 주목하고, 그것이 동심을 바라보는 시인의 의식과 밀접한 관련이 있다는 판단에 따라 각 동시집에 실린 작품 분석을 통해 그 사실을 밝히려고 애썼다. 그 결과 김은영의 동시는 해를 거듭할수록 점점 동심의 세계에 가까워지고 있음을 확인할 수 있었으며, 또한 이러한 시적 변모가 결코 우연이 아니라 아이들에게 읽히는 시를 쓰고 싶다는 자신의 시 세계에 대한 반성에서 기인한 것임을 알 수 있었다.

그때문인지 실제로 김은영의 동시는 첫 동시집보다는 두 번째 동시집이, 두 번째 동시집보다는 세 번째 동시집에 실린 작품들이 오늘날 아이들의 정서에 부합할 수 있는 가능성이 훨씬 많아 보인다. 하지만 이러한 시적 변모가 과연 문학적 가치 측면에서도 성공을 거두고 있느냐 하는 점에 대해서는 다소 의문이다. 단지 아이들에게 많이 읽힌다고 해서 반드시 뛰어난 문학성을 지니는 것은 아니기 때문이다.

사회가 변하면 그 사회를 이루고 있는 구성원들의 의식이 변하고, 그 사회의 부산물이라 할 수 있는 문학 양식이 변하는 것은 당연한 일이다. 그럼에도 사실 우리 동시가 새로운 시대에 걸맞은 내용과 형식을 미처 갖추지 못하고 고답적인 자세로 일관함으로써 독자들의 관심과 욕구에 부응하지 못한 점을 감안하면, 이와 같이 소통을 전제로 한 김은영의 창작 태도는 일면 의미가 있어 보인다. 그러나 시의 본질은 언어미학적 성취와 정신의 성취라는 양가의 미학에 있다는 매튜 아놀드(M. Arnold)의 말처럼, 시인의 창작관이 어느 한쪽으로만 치우치게 되면 문학적 가치는 물론 독자의 관심으로부터 멀어지게 된다.

아이들의 편에 서서 그들의 눈과 마음으로 사물과 세계를 바라보려는 김은영의 태도는 마땅히 칭찬해야 할 일이다. 하지만 그런 노력에도 불구하고 최근 그의 동시를 보면 조금 아쉬운 생각이 든다. 그의 동시가 해를 거듭할수록 점점 동심에 밀착되어 가는 것은 바람직하지만, 최근 동시에서는 이전의 동시에서 느낄 수 있었던 시인의 진지한 문제의식은 좀처럼 찾아보기가 어렵기 때문이다.

그동안 펴낸 세 권의 동시집만으로 김은영의 시 세계를 속단하기에는 이르다. 앞서 살펴본 것처럼 김은영의 시 작업은 여전히 진행 중이고, 이제야 비로소 본 궤도에 오른 것으로 보인다. 따라서 지금의 자세를 유지하면서 점차 부족한 점들을 보완해 나간다면 보다 많은 아이들로부터 충분히 공감을 얻을 수 있는 좋은 동시를 생산해 낼 수 있을 것으로 믿는다. 현재의 동심과 호응하면서도 잃어버린 근원적 동심을 회복하는 것은 쉽지 않지만 결코 불가능하지 않은 동시의 궁극적 지향점이라고 본다.

제2부

우리 동시집들의
성장과 의미

애잔하면서도 **따뜻하고,** 순박하면서도 **정겨운**
-박혜선 동시집『위풍당당 박한별』[1]

시인 박혜선은 1992년 '새벗문학상'에 동시 「감자꽃」이 당선되어 본격적으로 작품 활동을 하기 시작했다. 이후 그는 『개구리 동네 게시판』(아동문예사, 2001)과 『텔레비전은 무죄』(푸른책들, 2004) 두 권의 동시집을 펴냈으며, 제1회 '연필시문학상'과 제15회 '한국아동문학상'을 수상한 바 있다.

박혜선의 동시는 일찍이 권영상이 '흙냄새가 나는 시'[2]라고 말한 것처럼 기본적으로 자신의 농촌 체험에 그 뿌리를 두고 있다. 실제로 그는 경북 상주의 한 시골에서 태어나 대학 진학을 위해 서울로 올라오기 전까지 줄곧 그곳에서 살았다. 그래서인지 과수원, 누렁소, 외양간, 논밭, 냉이꽃, 달구지, 경운기, 배추, 땅강아지, 콩자루 등 그의 시에는 토속적인 시어들이 빈번하게 등장한다. 또한 "온종일 논밭에서 일하다가/잠자기 전/엄마는 로션 대신 온몸에/물파스를 바른다"

---

1 푸른책들, 2010.
2 권영상, 「텔레비전은 무죄」 해설, 푸른책들, 2004.

(『엄마와 물파스』 부분, 『텔레비전은 무죄』)에서 보듯이, 농촌 사람들의 고단한 삶을 애정 어린 시선으로 담아낸 작품이 많이 발견된다. 그때문에 그의 동시는 대체로 애잔하면서도 따뜻하고, 순박하면서도 정겨운 시골풍의 정서가 제법 강하게 묻어나는 것이 특징이다.

그것은 두 번째 동시집 이후 근 6년 만에 선보인 세 번째 동시집 『위풍당당 박한별』에서도 그대로 지속된다. 우선 이 동시집은 이야기와 시적 요소가 절묘하게 결합된 연작시의 형태를 띠고 있는 점이 특히 인상적이다. 또한 이 동시집에 실린 작품들이 시인의 조카인 '박한별'의 체험을 바탕으로 해서 씌어졌다는 것도 상당히 이채로운 점이다. 하지만 그 점을 제외하면 이 동시집은 전작 동시집들과 마찬가지로 시적 배경이나 정서적인 면에서는 그다지 큰 차이가 없다.

일반적으로 동시집을 엮을 때에는 성격이나 내용이 비슷한 작품들을 한데 모아 차례를 구성하는 경우가 많다. 하지만 이 동시집은 부모의 이혼으로 시골 할아버지 집에 내려와 살게 된 '박한별'의 이야기가 연작시 형태로 펼쳐지고 있는 탓에, 특별한 구분을 두지 않고 단지 시간의 흐름 순에 따라 배열되어 있다.

엄마랑 살 거야?
아빠랑 살 거야?
선택해!

잠 안 올 때 내 배는 누가 만져 주지?
엄마

비틀거리는 내 자전거 누가 잡아 주지?
아빠

누구랑 살 거야?
선택해!
선택해!

—「세상에서 젤 무서운 말」 전문

이 동시는 시집의 첫머리를 장식하고 있는 작품이다. 이 동시에서 화자인 박한별은 이혼을 앞둔 부모로부터 누구랑 살 것인지를 강요받고 있다. 잠이 안 올 때 배를 만져 주고, 비틀거리는 자전거를 잡아주던 엄마와 아빠가 어느 날 갑자기 이혼한다는 말을 듣게 되면 그 누구라도 큰 충격을 받지 않을 수 없다. 그런 마당에 화자는 엄마와 살 것인지, 아빠와 살 것인지를 선택해야 하는 상황까지 맞이하고 있어 그 심적 고통은 이루 말할 수 없이 컸을 것으로 짐작된다. 하지만 화자의 부모는 매정하게도 화자의 마음을 헤아리기는커녕 도리어 누구와 살 것인지를 선택하도록 계속해서 강요하고 있다. 이 동시에는 "선택해!"와 같은 언술이 모두 세 차례나 반복되고 있는데, 그 어조가 사뭇 위압적이고 폭력적으로 느껴진다. '세상에서 젤 무서운 말'이라는 제목을 굳이 떠올리지 않더라도, 그와 같은 상황에서 화자가 겪었을 고통의 크기가 어떠했을지 충분히 헤아릴 수 있을 것 같다.

하지만 이런 경우 아직 세상 물정에 어둡고, 어른들의 세계를 이해하기에는 아직 턱없이 부족한 화자가 할 수 있는 일이란 사실 아무 것도 없다. 그저 부모의 결정에 따르는 수밖에 별다른 방도가 없다. 결국 "피곤한 아빠 위해 안마해 주고/목욕탕 가면 엄마 등도 밀어 주던" (『서울 친구들』 부분) 화자는 부모가 헤어지면서 시골에 있는 할아버지의 집에 맡겨지게 된다. 아무리 할아버지 집이라지만 화자는 그와 같은 현실을 쉽게 받아들이지 못한다. "지금은 내 이름 말고/다른 아이 이름을 달고 있을 엄마."(『누구네 엄마일까?』 부분)를 그리워하기도 하고, "엄마 생각하다 잠든 밤이면"(『더듬더듬』 부분) 버릇처럼 할머니 쭈쭈를 더 듬거리기도 한다.

> 알약 먹을 때처럼
> 물 한 모금으로
> 삼켜 버렸으면 좋겠어
>
> 엄마 얼굴
> 엄마 냄새
> 엄마 목소리
>
> 엄마
> 엄마
> 엄마라는 말까지
>
> 삼키고 나면 끝인 것처럼
> 다시는 생각 안 났으면
> 좋겠어.
>
> ―「생각을 꿀꺽 삼키다」 전문

그러나 화자는 곧 "엄마 아빠 이혼하면/외갓집도 나랑 헤어져야"
(「외갓집」 부분)만 하는 냉엄한 현실을 어렴풋이나마 이해하게 된다. 그
리고는 이 동시에서 보는 것처럼 엄마의 얼굴, 냄새, 목소리는 물론
심지어 엄마라는 말까지 "알약 먹을 때처럼/물 한 모금으로/삼켜 버
렸으면 좋겠"다고 생각한다. 하지만 피는 물보다 진한 법이라고 하지
않던가. 화자는 엄마를 잊으려고 부단히 애를 쓰지만 그러면 그럴수
록 엄마에 대한 그리움은 오히려 더욱 커지게 마련이다. 물론 이 동시
에서 화자가 엄마를 잊었으면 좋겠다고 말하는 것은 진심이라기보다
는 그만큼 엄마를 지독히 그리워하고 있다는 것을 반어적으로 표현한
것이라고 보아야 옳을 것이다. 이런 사실은 엄마를 만나러 "가는 길
만 있고/오는 길은 없었으면 좋겠어."(「엄마 만나러 가는 길」 전문)라는 화
자의 말에서 그리 어렵지 않게 확인할 수 있다.

이처럼 이 동시집의 전반부에 실린 작품들은 화자인 '박한별'이 부
모의 이혼으로 시골에 내려오게 된 과정과 더불어 그로 인해 얻은 마
음의 상처를 주로 담아내고 있다. 즉, 자신의 뜻과는 무관하게 이루어
진 부모의 일방적인 이혼으로 어느 날 갑자기 가족의 울타리 밖으로
내던져진 어린 화자에 대한 안쓰러움이 이들 작품에서 강하게 묻어난
다.

아무도 모른다
운동장에서 뛰어놀 땐

내가 엄마 없는 아이라는 걸
4학년 학민이 오빠 할머니랑 단둘이 사는 거

현용이 아빠가 벙어리라는 거
사랑이 엄마가 우리말도 잘 못하는 필리핀 엄마라는 거

아무도 모른다
운동장에서 뛰어놀 땐

얼룩덜룩 체육복에 흙먼지 묻히며
펄쩍펄쩍 뛰는 송아지들 같지
쫄랑쫄랑 꼬리 치는 강아지들 같지.
　　　　　　　　　　　　　　　－「운동장에서 뛰어놀 땐」 전문

　하지만 머지않아 화자 박한별은 점차 시골 생활에 적응해 가면서
마음의 상처 또한 조금씩 아물어 가기 시작한다. "지렁이로 팔찌 만
드는 법, 개구리 띔뛰기 시키는 법, 참새 떼 줄 세우는 법, 개미 줄 흩
어 놓는 법"(「놀기 과외 할 사람 여기 여기 모여라」 부분)에서처럼, 화자는 자연
속에 깃들어 살아가고 있는 뭇 생물들과 친구가 되면서 점점 생기를
되찾는다. 게다가 위의 동시에서 보듯이 "할머니랑 단둘이 사는" 학
민이 오빠와 "아빠가 벙어리"인 현용이, 그리고 "우리말도 잘 못하는
필리핀 엄마"를 둔 사랑이 등 처지가 엇비슷한 아이들과의 동질감을
통해 자신의 상처를 치유해 나간다. 부모의 결핍으로 인해 생긴 빈자
리를 자연 속의 여러 생물이나 비슷한 처지의 아이들로 대신 채워 나
가면서 서서히 자신의 삶을 되찾아 간다.

　우리 학교에서 인사 제일 잘하는 아이는?

나, 박한별
믿을 수 없다면 교장 선생님께 여쭤 봐
열 번 보면 열 번 다 인사하는걸

우리 학교에서 젤 잘 웃는 아이는?
나, 박한별
우리 반에서 공부 젤 잘하는 아이는?
너희가 더 잘 알지?

그럼 우리 반에서 달리기 제일 잘하는 아이는?
현용이?
아니. 엄마 없다고 놀리는 현용이 끝까지 따라가서 등짝 한 대
멋지게 날려 준
나, 박한별이야

위풍당당 박한별!

―「위풍당당 박한별」 전문

이 동시에는 부모의 이혼으로 인한 정신적 충격과 내적 갈등을 잘
극복하고 한층 밝아진 화자의 모습이 잘 드러나 있다. 학교에서 인사
를 제일 잘하고, 학교에서 제일 잘 웃고, 반에서 공부를 제일 잘하는
아이가 누구냐 하는 자문에 거침없이 "나, 박한별"이라고 대답할 만
큼 마음의 구김살을 찾아보기가 어렵다. 더욱이 "엄마 없다고 놀리는
현용이"를 끝까지 뒤따라가서 등짝 한 대를 멋지게 날려버릴 만큼,
무척 씩씩한 모습을 보여 주고 있다. 그리고는 그런 자신을 "위풍당

당 박한별!"이라 자신 있게 소개할 정도로 몸도 마음도 이전과는 비교
가 되지 않을 만큼 성숙해져 있다.

　　원수는 외나무다리에서 만난다더니
　　학교 오가며 발로 뻥뻥 찼던 돌멩이들이 숨어 있던 곳은 다름 아
　닌 감자밭이었어.
　　온몸에 흙을 바르고 감자처럼 분장을 한 채
　　이를 뿌득뿌득 갈며 나를 기다렸겠지.
　　드디어 기회가 온 거야.
　　감자 캐는 날 와와 하며 들고 일어나
　　학교에서 돌아오는 나를 공격했지.
　　"아얏!"
　　나는 감자 같은 돌멩이를 노려보며 씩씩거렸어.
　　"어떠냐? 내 돌 맛이."
　　감자돌이 날 보고 메롱을 하는 거야.
　　화가 나서 뻥 차려는데 이번엔
　　자식, 손자, 며느리까지 줄줄이
　　나를 향해 날아오네.
　　"으악! 걸음아, 날 살려라."
　　정신없이 도망치는데 밭주인의 목소리가 투덜투덜 들려왔어.
　　"감자밭에 감자는 얼마 없고 순 돌덩어리네."
　　　　　　　　　　　　　　　　　　　　　－「감자 캐는 날」 전문

　그래서인지 동시집 중반부와 후반부에 수록되어 있는 작품들은 전
반부와 달리 화자가 시골 생활을 하며 보고 느낀 서정을 표현한 것들
이 주를 이룬다. "저수지 낚시꾼들 태우고 다니면서/시골길 그렇게

쌩쌩 달리는 거 아니다."(「자전거처럼만 해라」 부분)와 "아카시아 꽃이 일찍 펴서/꿀벌이 굶어 죽었다면/누구 잘못일까?"(「누구 잘못일까?」 부분)와 같이 환경문제를 다룬 동시는 물론 "화동댁 할머니 무덤이/찾아오는 자식 하나 없어/풀밭으로 변했대요."(「풀밭으로 변한 무덤」 부분)나 "집주인은 어디 가고/찌그러진 개 밥그릇이/먼저 반긴다."(「감꽃 지는 날」 부분)와 같이 날로 피폐해지는 시골의 풍경을 노래한 동시들이 많다. 이는 그동안 박혜선 시인이 이전의 동시집에서 지속적으로 천착해 온 시골 사람들의 삶에 대한 애정이, 많은 시간이 흘렀음에도 여전히 변하지 않았다는 것을 말해 준다.

하얀 배꽃 핀 과수원에
꿀벌 한 쌍

붕붕거리며 꿀 맛보던 벌들은
농약 중독에 앓아누웠는지
할아버지 할머니가 벌이 되어
한 손에 붓 들고
느릿느릿 꽃가루를 옮기고 있다

날개가 없어
사다리를 타고 배나무를 오르는
늙은 꿀벌 한 쌍

점심시간 훨씬 지났는데도
배나무 하나 붙들고

끙끙거리고 있다.

–「늙은 꿀벌」 전문

이 동시는 그 가운데 시적으로 가장 아름다운 작품이다. 우선 과수원에서 배 농사를 짓고 있는 할아버지와 할머니를 "꿀벌 한 쌍"에 빗대어 표현한 점이 무척 참신하게 다가온다. 그 다음으로는 꿀벌들이 "농약 중독에 앓아 누웠는지" 보이지 않게 되자 손수 "사다리를 타고 배나무"에 올라 붓으로 꽃가루를 옮기는 상황 묘사를 통해 간접적으로 생태계의 심각성을 일깨우고 있는 점도 큰 효과를 발휘하고 있다. 여기에 마지막 연의 "점심시간 훨씬 지났는데도/배나무 하나 붙들고/끙끙거리고 있다."에서처럼, 오늘날 우리 농촌이 처해 있는 현실을 매우 구체적으로 보여 줌으로써 독자들로 하여금 그에 대한 문제의식을 자각하도록 만들고 있는 점도 매우 긍정적으로 생각된다.

이처럼 이 동시집은 화자 '박한별'을 둘러싼 사건 즉, 부모의 이혼과 상처의 치유 과정이 연작시 형태로 구성되어 있다. 하지만 앞에서 살펴본 것처럼 동시집에 수록된 작품 모두가 온전히 그와 관련된 내용으로만 이루어진 것은 아니다. 짐작하건대 만일 그와 같은 구성 방식을 취했다면 이 동시집은 분명 실패했을 것이다. 하지만 시인은 사전에 그 점을 정확하게 파악하고 있었던 듯 '박한별'에 초점을 맞추어 이야기를 전개하면서도, 정감 있는 시골 풍경과 시골 사람들의 고단한 삶의 모습을 그 안에 포개어 놓고 있다. 그로 인해 자칫 단조롭고 지루해질 수도 있는 구성상의 문제를 해소하고 있다.

또한 동시집 말미에 딸린 '시인의 말'에서 "나는 한별이의 아픔이 마음에 상처로 남지 않길 바랐어요."라는 말처럼, 조카가 겪은 실제 사건들을 형상화하고 있으면서도 비교적 자신의 감정을 잘 절제하고 있다. 그럼으로써 애상적이거나 동정적인 분위기가 지나쳐 시의 재미가 반감되는 것을 미연에 방지하고 더 큰 울림을 만들어 내고 있다. 이것은 박혜선 시인의 시적 감각이 그만큼 뛰어나다는 것을 보여 준다.

지금 이 순간 그 어디에선가 부모의 이혼으로 생긴 마음의 상처를 홀로 어루만지는 또 다른 박한별이 있을 것이다. 자신의 잘못이 아님에도 세상의 무관심 혹은 주변 사람들의 냉대에 마치 죄인처럼 고개를 숙여야만 하는 아이들이 분명 존재할 것이다. 그런 친구들이 이 동시집을 읽고 조금이나마 마음의 위안을 얻고, 박한별처럼 보다 씩씩하고 당당해졌으면 좋겠다.

어머니 품처럼 크고 넉넉한 사랑

－정진숙 동시집 『아무도 모르는 일』[1]

정진숙의 동시는 따뜻하다. 그의 동시를 읽다 보면 "혼자서만 우뚝
한 게 미안해/멈칫/멈칫/그때마다 마디가 되었다"(「대나무는」 부분)와 같
이 번뜩이는 상상력이 곧잘 발견되기도 하지만, 어머니 품속처럼 따
뜻하고 평온한 정서를 느끼게 만드는 작품들이 주를 이룬다. 아마도
그것은 시집 해설에서 박두순 시인이 지적하고 있는 것처럼 정진숙의
동시가 대체로 서정적 이야기를 내포하고 있기 때문일 것이다.

실제로 정진숙의 동시에서 파란 단추, 칡덩굴, 첫눈, 백로, 돌, 대
나무, 목련꽃, 신발 등의 사물들은 의인화되어 등장한다. 그리고 저
마다 인격을 부여받아 하나같이 크고 넉넉한 사랑으로 세상을 보듬어
안는다. 이것은 기본적으로 사물을 대하는 시인의 심성이 그만큼 곱
기 때문으로 판단되는데, 이와 같은 조건 없는 사랑 즉, 모성애가 정

---

1 청개구리, 2010.

진숙 동시의 근원이라고 할 수 있다.

그런 까닭에 정진숙의 동시는 비록 화려하지는 않지만 마치 잘 짜
인 한 편의 동화처럼 그 감동이 오래도록 지속된다. 그의 동시는 "걸
음마하는 아기 앞에서/손뼉 치며 힘 돋우는/엄마"(「목련꽃」 부분)처럼 지
치고 힘든 영혼에 위로가 되기도 하고, 때로는 "반딧불이/반짝반짝/
어둠 속에 길을"(「길을 낸다」 부분) 내듯 복잡하게 뒤엉킨 마음의 실타래
를 풀어내는 역할을 하기도 한다.

> 언제 어디서도 무릎 굽히지 않더니
>
> 동글동글
> 알 낳고는
> 생각 바뀌었나 봐.
>
> 너희를 위해 못할 게 뭐 있겠니?
> 털썩 무릎 꿇어
> 알 품는다.
>
> -「무릎 꿇은 백로」 부분
>
> 비탈의 아슬아슬한 바위도
> 괜찮아 괜찮아
> 꼭 안아 주고,
>
> 산 속의 죽은 나무도
> 어쩌니 어쩌니
> 꼭 안아 주고,

비무장지대의 녹슨 대포알도
가만 있어 가만 있어
꼭 안아 주고,

칡덩굴은
걱정도 슬픔도 아픔도
푸른 마음으로 안아서 녹여 준다.

-「칡덩굴의 안아 주기」 전문

이들 작품은 바로 그러한 정진숙 동시의 특징을 잘 보여 주고 있
다. 먼저 「무릎 꿇은 백로」는 "살아서는 절대/무릎 꿇지 않겠다는 백
로"가 자식을 위해서라면 그 어떤 수고도 마다하지 않는 극진한 모성
애를 형상화하고 있다. 그런가 하면 「칡덩굴의 안아 주기」는 또 다른
차원의 모성애를 펼쳐내고 있다. 이 작품에서 "비탈의 아슬아슬한 바
위"와 "산 속의 죽은 나무", "비무장지대의 녹슨 대포알"은 개인 및
민족의 아픔을 나타내는 상징물들이다. 그런데 칡덩굴은 그와 같은
사물들이 지닌 걱정과 슬픔과 아픔을 "푸른 마음"으로 꼭 안아서 녹
여 준다. "괜찮아 괜찮아", "어쩌니 어쩌니", "가만 있어 가만 있어"와
같은 칡덩굴의 행위는 자식의 안위를 걱정하는 어머니의 모습을 떠오
르게 만든다. 하지만 이 동시는 그저 단순히 자식 사랑에만 그치지 않
고, 그러한 모성애를 평화와 공존을 위한 공동체적 사랑으로 승화시
켜 나가고 있다.

눈이 크고 얼굴이 까만
나영이 엄마는
필리핀 사람이고,

알림장 못 읽는
준희 엄마는
베트남에서 왔고,

김치 못 먹어 쩔쩔매는
영호 아저씨 각시는
몽골에서 시집와

길에서 마주쳐도
시장에서 만나도
말이 안 통해
그냥 웃고만 지나간다.

이러다가
우리 동네 사람들 속에
어울리지 못하면 어쩌나?

그래도 할머닌
걱정 말래.

아까시나무도
달맞이꽃도
개망초도

다 다른
먼 곳에서 왔지만
해마다 어울려 꽃피운다고.

−「걱정 마」 전문

이 동시는 다문화 가정의 문제를 다루고 있다. 이 작품에서 화자는 필리핀에서 시집온 나영이 엄마와 베트남에서 시집온 준희 엄마, 그리고 몽골에서 시집온 영호 아저씨 각시가 동네 사람들과 잘 어울리지 못하면 어쩌나하고 걱정한다. 그런 화자에게 할머니는 "아까시나무도/달맞이꽃도/개망초도/다 다른/먼 곳에서 왔지만/해마다 어울려 꽃피운다"며 크게 걱정할 필요가 없다고 말한다. 하지만 언어도, 음식도, 생김새도 다른 이들이 낯선 이국에서 살아가기란 결코 쉬운 일이 아니다. 그들이 굳건히 뿌리내리기 위해서는 차이는 인정하되 그것을 빌미로 차별하지 않는 관용의 자세가 선행되어야 한다. 그런데 사실 그러한 관용은 모성애의 특징 가운데 하나이다. 자연이 온갖 생명을 잉태하고 길러 내듯 모성애 역시 차별이 없는 사랑이라는 점에서 별반 다르지 않다.

모난 돌, 날 선 돌, 울퉁불퉁한 돌,
일그러진 돌, 뾰족한 돌들이
왈그락 왈그락
아무도 어쩌지 못한다.

그래도 냇물은

그래 그래
부드러운 손길로 쓰다듬어 주고,

그래도 냇물은
그럼 그럼
잔잔한 목소리로 칭찬해 주고,

누구도 어쩌지 못하던
돌들
드디어
고집 꺾었다
둥글둥글 둥글어졌다.

－「부드러운 냇물이」 전문

    이 동시는 그와 같은 자연과 모성의 동질성을 바탕으로 공동체적 삶의 필요성을 역설하고 있다. "모난 돌, 날 선 돌, 울툭불툭한 돌,/일그러진 돌, 뾰족한 돌들이/왈그락 왈그락/아무도 어쩌지 못한다."는 극한의 상황에서도 "부드러운 손길로 쓰다듬어 주고", "잔잔한 목소리로 칭찬해 주고" 끝까지 포기하지 않고 감싸는 "부드러운 냇물"이 곧 모성애이다. 그런 사랑 앞에서는 아무리 모가 나고 날이 선 존재라 해도 결국에는 고집을 꺾고 마음이 둥글둥글해질 수밖에 없다. 그런 점에서 이 동시는 "부드러운 냇물"로 상징되는 모성애의 크고 넉넉한 힘을 다시금 일깨워 주고 있다고 할 수 있다.

    이처럼 정진숙의 동시는 자연 속에서 모성애의 힘을 발견하고 이를 바탕으로 공동체적 삶의 가치를 추구하고 있는 작품들이 다수를 이루고 있다. 그런 만큼 그의 동시는 오늘날 극심한 경쟁으로 인해 날로 피폐해지고 있는 인간성을 회복하는 데 상당한 기여를 할 수 있을 것으로 보인다. 특히 「할머니의 존댓말」에서의 "져 주는 게 이기는 거다"라는 전언 속에 함축되어 있는 의미는 많은 것을 생각하게 만든다. 타인을 적으로 생각하지 않고 함께 더불어 살아가는 동료로 받아들이게 될 때 분명 세상은 더욱 아름다워질 것이다. 어머니의 품처럼 크고 넉넉한 사랑을 보여 주는 정진숙의 동시가 보다 많은 독자들의 마음에 씨앗을 뿌리고 언젠가 활짝 꽃을 피웠으면 하는 마음이다.

－〈어린이책이야기〉 2010년 가을호

자연과 일상의 구체적 체험과 관찰
―이정록 동시집 『콧구멍만 바쁘다』[1]

1. 동시와 동화, 그리고 시

이정록은 현재 한국 시단을 대표하는 중견 시인이다. "어떤 보잘것 없는 생명이나 사소한 사건일지라도 시인의 집요한 시선에 이끌리면 의미심장한 삶의 증거가 된다."(이혜원, 『적막의 모험』, 문학과지성사, 2007)는 평가처럼, 그는 지금까지 다섯 권의 시집을 통해 자연과 일상에 대한 치밀한 관찰과 섬세한 묘사가 돋보이는 시들을 선보여 많은 독자층을 확보하고 있는 시인이다. 그런 그가 이번에 동시집 『콧구멍만 바쁘다』를 펴내 주목받고 있다.

최근 문학계의 동향을 보면 어느 한 장르에만 머무르지 않고 다방 면에 걸쳐 글쓰기를 하는 즉, '멀티플레이 작가'들이 크게 늘어나고 있는 점이 눈에 띈다. 물론 예전에도 그런 이들이 전혀 없었던 것은

---

1 창비, 2009.

아니지만, 이제는 그와 같은 글쓰기가 마치 하나의 유행이 되어 버린 느낌이다. 그 점에 있어서 이정록도 예외는 아니다. 사실 그는 이미 오래 전에 두 권의 동화집『귀신골 송사리』(큰나, 2003)와『십 원짜리 똥 탑』(문학동네어린이, 2006)을 펴낸 바 있다. 따라서 이번에 나온 동시집 『콧구멍만 바쁘다』는 그의 아동문학 작품으로써는 세 번째 권인 셈이 다.

그때문에 시와 동화, 그리고 동시에 이르는 이정록의 행보에 시기 어린 눈길이 와 닿을 법도 하다. 남들은 그 가운데 어느 하나 제대로 성취하지 못해 힘겨워하고 있는 마당에 그처럼 여러 장르를 자유롭게 넘나들며 글쓰기를 하는 모습을 보면, 솔직히 필자와 같은 무지렁이 에게는 그의 문학적 재능이 한없이 부러울 따름이다. 하지만 그것도 다 타고난 재주인 걸 어쩌랴 싶어, 그가 한상 멋들어지게 차려 내놓은 밥상을 묵묵히 받아들일 수밖에는 별 도리가 없다.

2. 세심한 관찰력을 통한 일상의 재발견

어떤 사소한 사건일지라도 이정록의 시선에 이끌리면 의미심장한 삶의 증거가 된다는 지적은 비단 시에만 해당되는 것이 아니다. 동시 집『콧구멍만 바쁘다』를 읽다 보면 가장 먼저 생각하게 되는 것이, 일 상 속 풍경을 바라보는 이정록의 시선이 여간 찬찬하고 매서운 게 아 니라는 점이다. 무릇 좋은 시인이라면 그 무엇보다 먼저 시의 씨앗이 될 만한 소재를 발굴해 낼 줄 아는 맑은 눈을 갖고 있어야 한다. 또한 그 씨앗을 잘 키우고 갈무리해서 시적 감동이 충분히 배어나도록 발

효 숙성시킬 줄 알아야 한다.

그 점에 있어서 이정록은 뛰어난 재능을 지니고 있다. 이 동시집에는 그런 사실을 알게 해 주는 장면들이 곳곳에서 발견된다. 이를테면 "채찍 휘두르라고/말 엉덩이가 포동포동한 게 아니다.//번쩍 잡아 채라고/토끼 귀가 쫑긋한 게 아니다.//아니다/꿀밤 맞으려고/내 머리가 단단한 게 아니다."(「아니다」 전문)와 같은 동시가 그 대표적인 예이다. 이 동시에서 그는 각각의 사물이 지닌 특성을 포착해서 강자로부터 핍박받는 약자의 억울한 처지를 대변하고 있는데, 짧은 시행임에도 그런 화자의 마음이 고스란히 전달된다. 이처럼 너무 평범하고 단순해서 시처럼 생각되지 않는데도 읽다 보면 저절로 고개가 끄덕이게 되는 시, 바로 그것이 이정록 시의 특징 가운데 하나이다.

우리 학교
담장을 모두 없앴다.
꽃동산에 원두막도 지었다.
할아버지 할머니 마실 오시고
동네 강아지들 운동장에 가득하다.
개구멍이 없어지자 꿀밤도 사라졌다.
다리는 울타리 밖에서 버둥버둥
눈알은 담장 안에서 뱅글뱅글
쿵쾅거리던 가슴도 없어졌다.
여러분이 똥갭니까, 도둑입니까?
교장 선생님의 꾸중도 사라졌다.
집에서 교실까지 지름길이 생겼다.
아침마다 오 분은 더 잘 수 있다.

　이 동시는 학교 담장을 없애고 난 뒤 일어난 변화를 노래하고 있다. 그 변화는 크게 두 가지 양상으로 전개된다. 하나는 시의 앞부분에 나와 있는 것처럼 동네 구성원들에게 불어닥친 변화이다. 담장을 허물고 "꽃동산에 원두막"을 지으면서 "할아버지 할머니"는 물론 "동네 강아지들"이 마실 다니는, 이제 더 이상 학교는 폐쇄적인 공간이 아니라 열린 공간으로 탈바꿈해 버린 것이다. 다른 하나는 시의 뒷부분에서 보듯이 화자의 삶에 불어닥친 변화이다. 학교 담장이 없어짐으로 해서 등 · 하굣길에 개구멍을 드나들다 발각되어 맞던 "꿀밤도 사라"지고, 들킬까 봐 "쿵쾅거리던 가슴도 없어"지고, "교장 선생님의 꾸중도 사라"진 것이다. 그런데 이와 같이 사건을 길게 나열하는 것만으로는 시가 되기 어렵다. 왜냐하면 시의 묘미는 어떤 사건의 경과를 상세히 보여 주는 데 있는 것이 아니라, 압축과 집약을 통해 어떤 순간적인 자각을 불러일으키는 데 있기 때문이다. 따라서 이 동시에서 시가 될 수 있도록 만드는 요인은 "집에서 교실까지 지름길이 생겼다./아침마다 오 분은 더 잘 수 있다."는 마지막 두 행이다. 즉, 학교 담장이 없어지고 나서 일어난 공동체적 의미에서의 중대한 사건이 마지막 두 행에 이르면 갑자기 지극히 개인적인 사건으로 전락해 버림으로써, 미처 예상치 못한 반전 상황에 그만 웃음을 터뜨리게 된다. 이 동시는 일상 속 풍경을 통해 티 없이 순진한 아이들의 마음 세계를 잘 포착해 내고 있다.

엄마 아빠
장애인 주차장에
차 대지 마세요.

휠체어가 한 대
먼저 와 있잖아요.

휠체어 안에
사람도 앉아 있잖아요.

―「안 돼요 안 돼」 전문

그것은 이 동시에서도 쉽게 확인할 수 있다. 3연 7행으로 이루어진 이 작품은 거동이 불편한 장애인들을 배려하기 위해 설치해 놓은 장애인 주차장에 관한 내용을 담고 있다. 이 동시에서 화자는 "엄마 아빠/장애인 주차장에/차 대지 마세요."하고 말하고 있는데, 그 까닭이 참 재미있다. 장애인 주차장에 "휠체어가 한 대/먼저 와 있"고, 그 "휠체어 안에/사람도 앉아 있"기 때문에 차를 대면 안 된다는 것이다. 물론 그것은 사실이 아니다. 지금 화자는 장애인 주차장임을 표시하기 위해 바닥에 그려져 있는 그림을 보고 그렇게 말하고 있을 뿐이다. 그런데도 그와 같은 화자의 말이 그저 공허하게만 느껴지지 않는다. 오히려 마음속에 더 깊이 각인되는 효과를 만들어 내고 있다.

이처럼 이정록의 동시는 흔히 목격하게 되는 일상 속 풍경을 소재로 삼아 우리가 미처 깨닫지 못한 사실들을 새롭게 재발견해 낸다. 그리고 그것은 순진무구한 아이들의 눈과 마음을 빌어 자연스럽게 풀어

낸다. 그때문에 겉으로 보기엔 지극히 평범하고 단순해 보이지만, 읽다 보면 어느 순간 독자로 하여금 화자의 말에 공감하도록 만드는 묘한 매력을 지니고 있다. 이것은 일상 속 풍경을 바라보는 이정록의 관찰력이 매우 예리할 뿐만 아니라, 시를 빚어내는 솜씨가 보통 수준이 아님을 잘 보여 준다.

3. 구체적이고 사실적인 아이들의 세계

하지만 아무리 관찰력이 예리하고 시를 빚어내는 솜씨가 뛰어나다고 해도 기본적으로 아이들의 세계를 이해하지 못하면 좋은 동시를 기대하기가 어렵다. 이는 동시가 아이들을 위한 노래라는 점에서 아무리 강조해도 지나치지 않는다. 그러나 어린 독자들이 충분히 향유할 수 있는 소재와 내용을 담아내는 일이 생각처럼 그리 쉽지만은 않다. 지나치게 아이들을 의식하다 보면 시가 유치해지기 십상이고, 그렇다고 전혀 의식하지 않게 되면 동시만의 시적 특성을 찾기가 어려워진다. 이 점은 동시를 창작하는 시인이라면 누구나 동감하는 일이라 생각된다.

그런 까닭에 독자들이 공감하는 좋은 동시를 쓰기 위해서는 아이들의 삶에 많은 관심을 갖고 있어야 한다. 그래야만 관념 속의 아이들이 아닌 보다 구체적이고 사실적인 아이들의 모습을 그려 낼 수 있다. 그런데 이정록의 동시는 그 점에 있어서도 비교적 잘 극복하고 있다고 말할 수 있다.

졸며 마친 방학 숙제
집에 두고 와서 벌 받았다.

실내화도 안 가져와서
화장실 청소했다.

새똥 맞은 개미처럼
재수 없는 날이다.

우산도 놓고 와서
엄마에게 꾸중 들었다.

개학 첫날부터
온 세상이 글썽글썽.

-「개학 첫날」 전문

이 동시는 기나긴 방학이 끝나고 새 학기가 시작되는 첫날 아이들의 모습을 형상화하고 있다. 미리 챙겨 두면 좋을 것을 방학 기간 내내 실컷 놀기만 하다가 막상 개학 전날이 되어서야 허겁지겁 밀린 숙제를 하느라 진땀을 흘리는 아이들의 심리가 잘 나타나 있다. 이 동시에서 화자는 개학 첫날 학교에서 "졸며 마친 방학 숙제"를 "집에 두고 와서 벌 받았"을 뿐만 아니라 "실내화도 안 가져와서"는 "화장실 청소"를 한다. 그리고 학교에 "우산도 놓고 와서/엄마에게 꾸중"을 듣는다. 그리고는 그런 자신의 처지를 "새똥 맞은 개미"와 같다고 항변하는데, 그 비유가 참 재미있다.

숙제 하랴
문제지 푸랴
겨우 짬 내서 만화책 빌려 왔는데,
너무 재미있어 꼴딱꼴딱 침 넘어가는데,

ㅡ지금 뭐 하는 거야!
당장 불 끄지 못해!

영어 학원 가랴
태권도 학원 가랴
조금 짬 내서 오락하고 있는데,
거의 다 잃은 게임 머니 겨우 복구하고 있는데,

ㅡ지금 뭐 하는 거야!
당장 끄지 못해!

ㅡ「당장 끄지 못해」 전문

그런가 하면 이 동시는 오늘날 입시 경쟁에 내몰려 전쟁을 치르듯 하루하루를 척박하게 살아가고 있는 아이들의 모습을 노래하고 있다. "숙제 하랴/문제지 푸랴", "영어 학원 가랴/태권도 학원 가랴" 잠시도 쉴 틈이 없는 아이들과 그런 아이들의 일거수일투족을 주시하는 부모와의 갈등을 실감나게 그리고 있다. "겨우 짬 내서 만화책을 빌려 왔는데"와 "조금 짬 내서 오락하고 있는데"라는 화자의 언술에는 그와 같은 갑갑한 현실에 대한 억울함이 짙게 묻어난다. 이 동시는 "지금 뭐 하는 거야!/당장 끄지 못해!"라는 말로 표상되는 어른들의 권위에 눌려 자유로움을 빼앗긴 채 살아가고 있는 아이들의 세계를 안타깝게 바라보는 시인의 마음이 잘 나타나 있다.

이와 같이 이정록의 동시는 누구나 공감할 수 있는 아이들의 삶의 모습과 밀착되어 있다. 그러면서도 그들의 세계에 매몰되지 않고 어느 정도 일정한 거리를 두고 있다. 그런 까닭에 그의 동시는 그동안 우리 동시의 오랜 문제점으로 지적되어 온 유치함과 계몽적 언사 등을 좀처럼 찾아보기 어렵다. 이 점은 「개학 첫날」과 「당장 끄지 못해」에서의 "새똥 맞은 개미처럼/재수 없는 날이다" 또는 "너무 재미있어 꼴딱꼴딱 침 넘어가는데"에서 보듯이, 아이들의 마음을 조금도 미화시키지 않고 있는 그대로 표현하고 있기 때문에 어린 독자들과 소통할 가능성이 그만큼 높다. 바로 그것이 이정록 동시가 지닌 또 다른 매력이라고 할 수 있다.

4. 생물 평등주의와 공동체적 삶의 지향

또한 이정록의 동시에는 비록 많은 수는 아니지만 생태적 상상력을 바탕으로 공동체적 삶을 지향하고 있는 작품들이 더러 발견된다. 21세기의 최대 화두는 환경문제라는 지적처럼 오늘날 물질문명에 기반을 둔 자본주의의 폐해에 대한 사람들의 관심이 점점 높아지고 있다. 이는 문학의 장에서도 예외는 아니어서 최근 발표되고 있는 시들 가운데는 문학적 감수성을 통해 생태 의식을 일깨워 주고 있는 작품들을 더러 보게 된다.

하지만 이들 작품들의 경우 시인의 의도가 지나치게 앞서다 보니 아쉽게도 시의 품격은 사라지고, 시적 감동 역시 빈약한 작품들이 많다. 그런 점에서 생물 평등주의에 입각해서 공동체적 삶의 중요성을 다시금 일깨워 주고 있는 이정록의 시편들은 한 번쯤 눈여겨볼 필요가 있다는 생각이 든다.

> 샘 도랑에
> 뜨건 물 버릴 때면,
> 훠어이 훠어이
> 소금쟁이 실지렁이 애기물방개
> 어서 빨리 피하라고.
>
> 보리 베기 전날
> 보리밭에 가서,
> 훠어이 훠어이
> 벌레며 들쥐며 개구리 가족
> 어서 빨리 이사 가라고.
>
> ―「훠어이 훠어이」 전문

> 새는
> 다 날아갔다.
>
> 오소리는
> 굴을 잘 막았을까?
>
> 하늘다람쥐는

불길보다 빨리
나뭇가지를 건너뛰었을까?

새소리도
다 날아갔다.

둥우리 속
새알들은 어찌 됐을까?

빨간 토끼 눈은
어딜 보고 있을까?

-「산불」 전문

위의 동시들은 모두 생물 평등주의에 입각해서 씌어진 작품들이다. 앞의 동시 「훠어이 훠어이」는 도랑에 뜨거운 물을 버리거나 보리를 베기 전에 그곳에 깃들어 살아가는 '소금쟁이, 실지렁이, 애기물방개, 벌레, 들쥐, 개구리' 등의 생물이 피해를 입지 않도록 배려하는 화자의 마음 씀씀이가 잘 나타나 있다. 그리고 뒤의 동시 「산불」에서 화자는 산에 거주하는 '새, 오소리, 하늘다람쥐, 토끼' 등이 산불로 인해 피해를 입지는 않았을까 염려하고 있다. 이처럼 이들 동시에 등장하는 인간은 자연이라는 커다란 울타리 속에서 다른 생물들과의 공생 관계를 중시하고 있음을 알 수 있다.

이는 자연을 그저 단순히 하나의 객관적 대상으로만 파악하지 않는다는 점에서 오늘날 환경문제를 불러온 가장 큰 원인으로 지목되어 온 인간중심적 세계관과는 큰 차이를 보인다. 아무리 사소하고 보잘

것 없는 미물이라 할지라도 가볍게 여기지 않으며, 모든 생명의 가치를 동등하게 대하는 이러한 자세는 현재 인류가 직면한 생태 위기를 극복하기 위한 첩경이다. 그런 면에서 생태 문제에 대한 이정록의 문제의식은 보다 심층적이라고 말할 수 있다. 여기에 시인의 목소리를 앞세우지 않고 독자의 심성을 자극하는 방식을 취함으로써, 시적 감동이 쇠진되는 것을 방지하고 있다.

5. 더 나은 동시 창작을 기대하며

이미 앞서 언급한 것처럼 이정록은 동시와 동화, 시 장르를 넘나들며 왕성하게 활동하고 있는 '멀티플레이 작가' 가운데 한 사람이다. 그러면서도 그는 각 장르에서 비교적 고른 역량을 발휘하고 있다. 이것은 그의 문학적 재능이 그만큼 뛰어나다는 것을 말해 준다. 따라서 이정록이 그와 같은 자신의 문학적 재능을 그동안 한국문학계에서 크게 주목받지 않았던 동화와 동시 창작에 관심을 기울인다는 것은 분명 아동문학의 위상이나 발전을 위해 대단히 긍정적이라고 평가할 수 있다.

하지만 동시와 동화, 그리고 시의 자리는 그 나름대로의 독특한 장르적 성격을 지니고 있다. 그때문에 그 모두를 한데 아우르는 일은 그리 쉬운 일이 아니다. 이런 사실은 최근 성인 시단에서 주목받는 시인 및 작가들이 펴낸 작품집들이 기대만큼의 성과를 이끌어 내지 못하고 있는 사실에서도 얼마든지 확인할 수 있다. 이 점은 이정록의 동시집 『콧구멍만 바쁘다』의 경우에도 어느 정도 해당한다고 볼 수 있다.

물론 첫 동시집임을 감안하면 지금까지 살펴본 것처럼 이정록은 동시 창작에 있어서도 상당한 결실을 맺고 있는 것은 분명하다. 그렇지만 작품 전체를 놓고 보면 더러 아쉬운 대목이 눈에 띄기도 한다. 가령, "저승까지 거리는/병풍 두께 2.5cm"(「저승까지 거리는」 부분)와 같은 동시는 삶과 죽음에 대한 시인의 통찰을 보여 주긴 하지만 어쩐지 어린 독자들로서는 쉽게 다가서지 못할 것 같다는 생각이 든다. 또한 몇몇 작품들은 지나치게 유희적이어서 시적 감동이 약화된 점도 조금은 아쉽다. 그럼에도 이정록의 동시는 작품에 등장하는 아이들이 살아 있고, 그 무엇보다 재미가 있다는 점에서 높이 평가할 수 있을 것 같다. 모쪼록 동시와 동화, 그리고 시의 자리를 가리지 않고 좋은 작품들로 널리 사랑받았으면 좋겠다.

어린이의 마음과 눈으로 보는 세상

-유은경 동시집 『내 꿈은 트로트 가수』[1]

동시집 말미에 실린 자서에서 시인 유은경은 말한다. 어른으로서 어린이의 마음과 눈으로 세상을 바라보는 일이 어렵다고. 그래도 동시를 쓰는 일이 행복하기만 하다고. 혹자는 그와 같은 시인의 말을 그저 단순한 인사치레쯤으로 받아들일지도 모른다. 그러나 한 번쯤 그의 동시를 접해 본 사람은 안다. 그 말이 얼마나 겸손하고 진솔한 것인지를.

유은경은 최근 우리 동시 문단에서 주목해야 할 시인 가운데 하나이다. 그의 동시는 비록 화려하지는 않지만 은근히 독자를 휘어잡는 묘한 매력을 지니고 있다. 그의 작품에 등장하는 소재와 표현은 지극히 평범하고 소박하다. 그때문에 단박에 그 가치를 알아채기가 쉽지

---

1 푸른책들, 2010.
*이 글은 간행물윤리위원회에서 발행하는 〈책&〉(2010년 2월호.)에 실렸던 것이다. 정해진 원고 분량 탓에 충분한 논의가 이루어지지 못했다는 생각이 들어 책을 엮는 과정에서 내용을 약간 보완했다.

않다. 하지만 첫눈에 반하지는 않았지만 보면 볼수록 정이 드는 사람처럼, 그의 동시는 읽으면 읽을수록 재미에 흠뻑 빠져들게 된다.

그렇다면 유은경 동시의 그와 같은 매력은 어디에서 비롯되는 것일까? 기발한 상상력도, 그 어떤 시적 장치나 기교도 구사하지 않으면서도 맛깔스럽게 만드는 그 힘의 원천이 무엇일까? 그런데 조금만 관심을 기울이면 곧 그것이 어디에서 연유하는지를 알게 된다. 정작 시인은 아니라고 말하고 있지만, 그것은 이미 그가 어린이의 마음과 눈으로 세상을 보고 있기 때문이라는 것을.

> 수학 시간에 흥얼흥얼하다
> 쨍!
> 선생님과 눈이 마주쳤다
> 이제 다 안다, 저 눈빛
> 벽 보고 서 있어야겠지
> 어휴, 요놈의 입
> 입술을 비틀며 일어섰다
> "나왔으니까 한 곡 뽑아야지
> 자, 이태식에게 박수!"
> 선생님이 찡긋 웃으셨다
> 나는 한껏 멋 내어 불렀다
> 몸동작까지 곁들여 가며
> 유행가 유행가 신나는 노래~
>
> 교실이 네 박자로 들썩거렸다.
>
> ―「내 꿈은 트로트 가수」 전문

표제작인 이 동시는 낯익은 교실의 장면 하나를 그대로 옮겨 놓고 있다. 수학 시간에 무심코 노래를 흥얼거리던 화자는 선생님과 눈이 마주치자 지레짐작으로 벌을 서기 위해 자리에서 일어난다. 그런데 뜻밖에도 선생님이 찡긋 웃으며 노래 한 곡 뽑으라고 하자 신이 난 화자가 한껏 멋을 내어 교실이 들썩거릴 정도로 유행가를 불렀다는 내용이다. 특별히 호기심을 자극하거나 상상력을 불러일으키는 소재와 내용이 아님에도 불구하고, 이 동시는 독자의 마음을 즐겁고 따뜻하게 만들어 준다. 아마도 그것은 시인이 "이제 다 안다, 저 눈빛/벽 보고 서 있어야겠지/어휴, 요놈의 입/입술을 비틀며 일어섰다"와 같이 누구나 공감할 수 있는 상황 묘사를 통해 어느 교실에나 꼭 한 명씩은 있게 마련인 천진난만한 아이의 모습을 매우 정감 있게 그려 냈기 때문일 것이다.

　　엘리베이터에서 공룡 소리가 나.
　　물 먹는 소리도 나.
　　들어 봐, 형.
　　벽을 빠악~ 긁잖아.
　　거울을 종이처럼 구겨서 먹어.
　　형광등을 깨물어.
　　소리만 들어도 알아.
　　저건 분명 엘리사우루스야,
　　엘리베이터를 통째로 삼켜 버린다는.
　　들리지, 트림하는 소리?
　　어떡하냐, 오늘 학원 못 가겠네.

19층에서 걸어 내려가는 사이
학원 차 가 버릴 텐데…….

형아, 우리 공 차러 갈까?
─「엘리베이터 고장 난 날」 전문

첫 행부터 마지막 행에 이르기까지 독백 형태를 띠고 있는 이 동시는 엘리베이터가 고장 난 어느 날의 풍경을 담아내고 있다. 화자는 자신이 살고 있는 아파트의 엘리베이터가 고장이 나자 그 원인이 공룡 때문이라고 상상한다. "벽을 빠악~ 긁"고, "거울을 종이처럼 구겨서 먹"고, "형광등을 깨물어" 버리는 공룡 엘리사우루스. 하지만 이 공룡은 학원을 빼먹고 놀고 싶은 화자의 마음이 만들어 낸 가공의 존재일 뿐이다. 이는 그 뒤에 이어지는 "어떡하냐, 오늘 학원 못 가겠네"와 "형아, 우리 공 차러 갈까?"와 같이 서로 다른 화자의 태도에서 분명하게 드러난다. 이 동시의 재미는 바로 그러한 화자의 이중성에 대한 풍자에서 비롯된다. 온갖 핑계를 만들어서라도 놀고 싶어 하는 아이들의 심리를 잘 포착해서 유쾌하게 그려 낸 작품이다.

이처럼 유은경의 동시들은 대체로 예쁘게 치장한 흔적이 보이지 않는다. 지나치다 싶을 정도로 맑고 투명하다. 그때문에 혹 그것이 시의 품격을 떨어뜨리지 않을까 생각되기도 하지만 오히려 그 반대이다. 그의 동시는 신기하게도 나긋나긋 얘기하듯 풀어내는 말들이 모두 시가 된다. 별다른 감정 표현이 없어도 마냥 예쁘고 마음이 따뜻해진다. 그래서 가끔은 그가 어떤 말을 이야기해도 전부 시가 될 것 같다는 생각이 들기도 한다.

> 친해 보이는데도
> 엄마들은 왜
> 서로 이름을 안 부를까?
>
> 앞집 아줌마는 언니라 하고
> 내 친구 엄마는 미나 엄마,
> 슈퍼마켓 아줌마는
> 엄마를 천사호라 부른다.
>
> 내 이름 속에
> 우리 집 1004호 뒤에 숨은
> 엄마 이름
>
> 낯선 사람이 부른다,
> 시원시원하게.
> "유은경 씨, 택배요!"
>
> ―「엄마 이름」 전문

   이 동시는 앞의 동시와 마찬가지로 일상 속에서 흔히 볼 수 있는 풍경을 그리고 있다. "친해 보이는데도/엄마들은 왜/서로 이름을 안 부를까?"하는 화자의 의문으로부터 시상을 전개하고 있는 이 작품은 너무 익숙해서 미처 깨닫지 못했던, 하지만 결코 간과해서는 안 될 인간의 본질적 문제를 다루고 있다. 자신의 이름 대신 누구의 '엄마'로,

아파트 몇 호에 거주하는 '입주자'로 불리는 오늘날 엄마들의 모습을 통해, 온갖 기호가 넘쳐나는 세상에서 자신의 정체성을 잃고 살아가는 현대인의 삶을 되돌아보게 만든다. 더욱이 이 동시는 친한 사람과 낯선 사람을 대비시켜 주제를 부각시키고 있는 점이 특히 인상적이다.

지금 내가 보는 별빛은
25년 전 별빛이란다.

거문고자리 가장 밝은 직녀성이
지구를 향해 보낸 윙크,
방금 내 눈에 들어왔다.
반짝!

나도 윙크를 한다.
25년 뒤 저 별도 받아 볼 거야,
우주로 날아간 내 눈빛.

한 번 더 보내자.
반가운 마음 담아
지구를 대표해서
깜빡!

―「윙크」 전문

그동안 별을 소재로 해서 씌어진 작품들은 많이 있었다는 점에서 이 동시 역시 그다지 새로울 게 없기는 마찬가지이다. 그럼에도 이 동시는 재미가 있다. '별빛'을, 상대에게 무엇을 암시하기 위해 한쪽 눈을 깜박거리는 동작을 뜻하는 '윙크'로 읽어 낸 시인의 발상은 물론, "25년 뒤 저 별도 받아 볼 거야,/우주로 날아간 내 눈빛"에서 보는 것처럼 무한한 우주 공간을 향해 뻗어 나간 어린 화자의 상상력이 돋보인다. 가고 오는 데만 무려 50년이 걸리는 직녀성과 은밀한 눈빛의 교환. 그것은 하루하루의 삶이 전쟁터처럼 버겁기만 한 어른들로서는 좀처럼 생각해 내기 어려운 일이다. 현실에 급급해 마음의 여유를 잃고 살아가는 어른과 달리 아이들이 어떤 존재인지를 잘 보여 주는 동시이다.

그런데 사실 이와 같이 별것 아닌데도 읽다 보면 저절로 고개를 끄덕이게 되는 작품은 아무나 쓸 수 있는 것이 아니다. 생각에는 쉬워 보여도 그만한 경지에 오르기 위해서는 부단한 노력이 필요하다. 그런 점에서 어른으로서 어린이의 마음과 눈으로 세상을 바라보는 일이 어렵다는 시인의 말은 그만큼 진솔한 표현이라고 할 수 있다. 흔히 목격하면서도 그냥 지나치기 쉬운 일상 속 풍경과 사건을 포착해 어린이의 마음과 눈으로 형상화해 내는 것이 그리 쉬운 일은 아니기 때문이다.

콩을 까면서 알았지.
콩에도 배꼽이 있다는 걸.

엄마와 뱃속 아기를
열 달 동안 이어 준

탯줄이 그랬듯이

코투리 속 작은 초록 꼭지가
콩알을 키웠다는 걸.

내 배꼽도
콩 배꼽도
엄마 사랑의 흔적이란 걸
콩을 까면서 생각했지.

―「배꼽」 전문

달맞이꽃이 문을 닫으며
나팔꽃! 하고 부르면
이른 아침이에요.

나팔꽃이 졸린 눈 비비며
채송화야~ 부르면
점심 때지요.

괭이밥, 도라지꽃
도란도란 놀다 보니 해질 무렵

울타리에 박꽃
마당가에 분꽃
알록달록 환한 꽃불을 켜요.

여름날 가만 귀 기울여 보면
꽃이 꽃을 부르는 소리
향긋하게 들려요.

―「향기 나는 시계」 전문

　위 동시들은 평소 유은경의 관찰력이 얼마나 뛰어나고 섬세한지를
알게 해 준다. 「배꼽」은 시인이 각각의 사물 즉, "코투리 속 작은 초록
꼭지"와 "배꼽"의 특징과 유사성을 찾아 서로 연결짓는 능력이 예사
롭지 않음을 잘 보여 준다. 하지만 그러한 능력은 좋은 시인이 되기
위한 충분조건은 아니다. 이 작품이 미적 가치를 획득하고 있는 것은
그러한 능력에 "내 배꼽도/콩 배꼽도/엄마 사랑의 흔적이란 걸/콩을
까면서 생각했지"와 같은 따스한 마음이 깊이 스며들어 있기 때문이
다. 그리고 「향기 나는 시계」는 우리 주변에서 흔히 마주치게 되는 꽃
들이 지닌 속성을 연결시켜 한 편의 아름다운 시를 만들어 내고 있다.
1연의 "달맞이꽃이 문을 닫으며/나팔꽃! 하고 부르면/이른 아침이에
요."에서 보듯이 이 동시는 각각 피는 시기를 달리하는 꽃의 생태를
통해 하루의 흐름을 노래하고 있다. "울타리에 박꽃/마당가에 분꽃/
알록달록 환한 꽃불을 켜요."와 같은 묘사도 일품이지만, 이 작품의
진정한 매력은 "여름날 가만 귀 기울여 보면/꽃이 꽃을 부르는 소리/
향긋하게 들려요."라는 마지막 연에 있다. 청각적 이미지와 후각적
이미지가 절묘하게 어우러진 이 구절은 시인의 관찰력과 감각이 얼마
나 날카롭고 섬세한지를 잘 보여 준다.
　이 점은 상수리나무에서 떨어진 애벌레가 돌 의자 위를 기어가는

모습을 묘사한 "한 걸음 내디딜 때마다/몸속 초록 길이 꿈틀거립니다"(「봄길」 부분)와 아파트 베란다에 놓여 있는 동백꽃을 의인화하여 아기가 말문을 트는 것과 동시에 동백꽃이 꽃망울을 터뜨리는 광경을 절묘하게 그려 낸 "꽃!/첫 말 터뜨린 순간/동백 아줌마 휘둥그레진/저 눈 좀 봐"(「동백꽃과 내 동생」 부분)에서도 쉽게 확인할 수 있다.

이상 살펴본 바와 같이 유은경의 동시는 기본적으로 일상 속 풍경을 소재로 삼고 있다. 그리고 그것에서 자신이 받은 인상과 느낌을 꾸밈없이 소박하게 재현해 냄으로써 재미와 감동을 준다. 그러면서도 전체적인 짜임이 깔끔하면서도 단단하다. 이러한 유은경의 동시는 뛰어난 상상력과 화려한 기교만이 시적 재미와 감동을 주는 것이 아니란 걸 보여 주는 좋은 사례이다. 대체로 처음 동시를 쓰는 사람들의 경우 지나치게 기교에만 치중한다거나, 동심이라는 관념의 늪에 빠져 허우적대기 일쑤이다. 그런 점에서 유은경의 동시는 처음 동시를 배우는 사람들이 모범을 삼을 만하다고 생각된다. 부디 "감염되면 흐뭇한/노래맨 바이러스"(「노래맨 바이러스」 부분)라는 자신의 시구처럼, 유은경의 동시가 보다 널리, 보다 많은 사람들에게 퍼져 나가 즐거움을 주었으면 좋겠다.

—〈책&〉 2010년 2월호

하루하루 **반성문을 쓰는 마음**으로

−곽해룡 동시집 『맛의 거리』[1]

1. 신인이면서 신인답지 않은

곽해룡은 마흔이 넘은 나이에 2007년 제15회 '눈높이아동문학상'과 2008년 제6회 '푸른문학상', 2009년 '오늘의 동시문학' 신인상을 연거푸 수상하며 등단한 늦깎이 동시인이다. 그는 전남 해남에서 태어나 초등학교를 졸업한 뒤 돈을 벌기 위해 혈혈단신 서울로 올라와 식당 종업원으로, 신문 배달원으로, 공장 노동자로 살아왔다. 그리고 지금은 어린이들에게 바둑을 가르치며 동시를 쓰고 있는 독특한 이력의 소유자이다.

그는 등단 초기 자신의 이력만큼이나 파격적인 동시를 선보여 많은 주목을 받았다. 일상 속 풍경을 새롭게 해석하는 탁월한 능력과 번뜩이는 상상력, 그리고 중심부로부터 소외당한 이들에 대한 애정과 연

---

1 문학동네어린이, 2008.

민을 짧은 시행 속에 능숙한 솜씨로 녹여 낸 그의 동시는 기존의 동시와는 다른 시 세계를 보여 준다. 신인이면서도 결코 신인답지 않은 세련된 언어감각과 절제된 감정, 삶에 대한 진지한 성찰과 사유는 그의 동시가 지닌 최대의 장점이다.

첫 동시집 『맛의 거리』는 곽해룡의 그와 같은 시 세계가 잘 나타나 있다. 이 동시집에는 순수한 동심의 세계를 그린 작품뿐만 아니라, 노점상과 외국인 노동자 같이 우리 사회에서 소외받는 사람들의 아픔을 그린 작품들이 많이 등장한다. 또한 삶에 대한 철학적 깊이와 사유가 강하게 묻어나는 작품들이 여럿 눈에 띈다. 따라서 이 글에서는 이들 작품들을 중심으로 곽해룡 동시의 특징과 가치를 보다 자세히 살펴보고자 한다.

2. 사회적 약자에 대한 관심과 애정

일반적으로 시집의 첫머리를 장식하고 있는 작품은 향후 펼쳐질 시적 여정을 알리는 서시의 성격이 짙다. 그런 만큼 시인은 자신의 시집 첫머리에 어떤 작품을 놓을지를 두고 심사숙고하지 않을 수 없다. 이러한 맥락에서 첫머리에 실린 작품은 시집 전체의 성격 및 시인의 가치관과 시 세계를 파악하는 데 유용한 정보를 제공하는 경우가 많다. 「골목길」은 곽해룡의 첫 동시집 『맛의 거리』의 서두를 장식하고 있는 작품으로, 그의 시 세계를 이해하는 데 적지 않은 도움을 준다.

기운 담장 아래

할머니가
오도카니 앉아 있다

오래 사귄 친구처럼
지팡이를 끌어안고 있다

이불인 듯
온몸에
얇은 봄볕을 덮고 있다

전봇대 그림자가
살그머니 다가가
할머니 부은 발등 쓰다듬고 있다

―「골목길」 전문

이 동시는 봄날 골목길 풍경을 담고 있다. 보통 골목길하면 오가는 행인이나 뛰어노는 아이들의 모습이 보일 법도 한데, 이 동시는 그러한 풍경이 모두 생략된 채 담장 아래 홀로 앉아 있는 할머니의 모습에 초점을 맞추고 있다. "이불인 듯/온몸에/얇은 봄볕을 덮고 있다"는 진술로 봐서, 작품에 등장하는 할머니는 봄날 해바라기를 하고 있는 것으로 보인다. 그런데 1연에서의 '할머니'를 사이에 두고 나란히 놓여 있는 "기운 담장"이나 "오도카니" 그리고 2연에서의 "오래 사귄 친구처럼/지팡이를 끌어안고 있다"는 진술에서 보듯이, 현재 할머니가 처해 있는 상황은 매우 고요하고 쓸쓸하다. 아마도 이 동시는 최근 사회적으로 문제가 되고 있는 독거노인의 삶을 담아낸 것으로 짐작된

다. 가족과 이웃, 사회로부터 방치되어 외롭게 살아가고 있는 노인
들. 화자는 그런 이들의 삶을 주의 깊게 응시하면서도 좀처럼 자신의
목소리나 감정을 드러내지 않는다. 대신 마지막 연인 "전봇대 그림자
가/살그머니 다가가/할머니의 부은 발등 쓰다듬고 있다"처럼 간접적
인 방법을 통해 자신의 애정을 표현하고 있다.

              나무는 뿌리를 뻗어
              흙에 스스로 제 몸을 묶어 버린다

              흙과 하나가 된 나무는
              흙이 살면 같이 살고
              흙이 죽어도
              뿌리를 풀어내지 않는다

              짐수레에
              스스로 몸을 묶어 버린 노점상 아저씨가
              물건을 팔고 있다

              흙에 뿌리 박은 나무처럼
              짐수레와 하나가 된 아저씨를
              구청에서 나온 단속반 아저씨들도
              뽑아내지 못하고 있다
                                    -「나무」 전문

이 동시 역시 사회적 약자인 노점상의 삶을 노래하고 있다. 화자는

'노점상 아저씨'와 '짐수레'를 '나무'와 '흙'에 빗대어 표현하고 있는데, 그 분위기가 자못 비장하다. 1연의 "나무는 뿌리를 뻗어/흙에 스스로 제 몸을 묶어 버린다"는 3연의 "짐수레에/스스로 몸을 묶어 버린 노점상 아저씨가/물건을 팔고 있다"와 등가(等價)를 이룬다. 그리고 2연의 "흙과 하나가 된 나무는/흙이 살면 같이 살고/흙이 죽어도/뿌리를 풀어내지 않는다"는 다시 4연의 "흙에 뿌리 박은 나무처럼/짐수레와 하나가 된 아저씨를/구청에서 나온 단속반 아저씨들도/뽑아내지 못하고 있다"와 등가를 이루고 있다. 이러한 구도를 통해 화자는 나무가 흙에 제 몸을 묶는 것이나 노점상 아저씨가 자신의 몸을 짐수레에 묶은 행위는 곧 그들의 생존과 직결되는 문제임을 보여 준다. 구청에서 나온 단속반으로부터 짐수레를 빼앗기지 않기 위해 노심초사하며, 하루하루 근근이 벌어먹고 살아가는 노점상의 안타까운 삶을 실감나게 그려 내고 있다.

이 외에도 곽해룡의 동시에는 우리 사회에서 소외받는 사람들의 아픔을 노래한 시편들이 많다. 이처럼 그의 동시에 중심부로부터 밀려나 있는 이들에 대한 작품이 많다는 것은, 또한 그 가운데 한 작품을 동시집의 첫머리에 놓았다는 것은 예삿일이 아니다. 그것은 사회적 약자에 대한 그의 관심과 애정이 그만큼 크다는 것을 말해 주는데, 이는 그 누구보다 험난한 인생을 살아온 그의 이력과 결코 무관해 보이지 않는다. 그럼에도 그의 동시는 약자들의 삶을 절제된 감정과 절묘한 비유를 통해 문학적으로 잘 형상화함으로써, 과도한 감정이입으로 인해 미학적 성취 없이 그저 목소리만 지나치게 도드라졌던 기존의 동시와는 확연히 구별되는 시 세계를 만들어 내고 있다.

3. 참신한 눈과 재기발랄한 상상력

동심의 세계를 노래한 시편들에 있어서도 곽해룡의 동시는 그 발상이나 기교면에서 남다르다. 이들 동시는 사물을 바라보는 참신한 눈과 재기발랄한 상상력이 강하게 작용하고 있어, 앞서 살펴본 소외받는 사람들의 아픔을 노래한 작품과는 달리 밝고 경쾌한 분위기를 연출하고 있다. 그때문에 한 동시집 안에 이처럼 서로 상반되는 작품이 공존하고 있다는 것이 의아스러울 정도이다. 그만큼 그의 동시는 다양한 소재와 기법을 통해 직조되고 있음을 알 수 있다.

할아버지가 신문 위에
돋보기안경을 벗어 두고 잠들었다
조그만 글자들이
돋보기를 넘어오면서
커다랗게 변한다

이 안경 끼고
새끼 고양이를 보면
커다란 호랑이가
돋보기를 넘어올 거다
으르렁거리는 호랑이는
정말 무시무시하게 보일 거다

기린은

몸통만 보이고
다리랑 머리는 아마 못 볼걸?
그래서 할아버지는
가끔 안경을 코끝에 걸쳐 놓고
맨눈으로 바라보는 거다

할아버지가 할머니한테
꼼짝 못하게 된 것도
이 안경을 끼면서부터일 거다
허리에 양손 걸치고 할머니가 쏘아보면
눈 하나가
수박보다 커 보였겠지?

−「할아버지 안경」 부분

　이 동시는 『맛의 거리』에 실린 작품 가운데 길이가 가장 긴 작품이다. 총 6연에 33행으로 이루어져 있으며, 가장 동시다운 면모를 지니고 있다. 이 동시의 묘미는 무엇보다 발랄한 상상력으로 아이들의 심리를 대변하고 있는 데 있다. 우선 이 동시는 잠든 "할아버지가 신문 위에" 벗어 둔 돋보기안경을 통해, 화자가 "조그만 글자들이/돋보기를 넘어오면서/커다랗게 변"하는 모습을 발견하는 것에서 시상이 전개된다. 그것을 계기로 화자는 "이 안경을 끼고/새끼 고양이를 보면/커다란 호랑이가/ 돋보기를 넘어올 거"라는 상상과 더불어, "기린은/몸통만 보이고/다리랑 머리는 아마 못 볼걸?/그래서 할아버지는/가끔 안경을 코끝에 걸쳐 놓고/맨눈으로 바라보는 거"라는 상상을 이어가게 된다. 그런 다음 한발 더 나아가 "할아버지가 할머니한테/꼼짝 못하게 된 것도/이 안경을 끼면서부터"라는 다소 엉뚱하면서도 기발한 생각을 도출해 내고는, 결국 작품의 후반부에 이르면 "이 돋보기 안경/어른들한테 모두 끼게 하면 좋겠다"는 바람을 넌지시 드러낸다. 늘 어른들의 감시와 통제, 잔소리에 억눌려 마음이 답답했던 아이라면, 한 번쯤 경험해 보았음직한 상상놀이를 잘 포착해 내고 있는 작품이다.

> 내 동생 앞니 하나가 빠졌는데요
> 지붕에 던져 주어야 까치가 새 이 준다나요?
> 그런데 아파트 옥상도 지붕인가요?
> 빠진 이를 옥상에 던져두고 올까 한참 망설이다
> 까치가 둥지를 튼 아까시나무 밑에 묻었는데요
> 오늘 와 보니 글쎄 아까시나무에
> 하얀 이 수천 개가 주렁주렁 달렸네요
>
> ─「아까시나무 꽃」 전문

　문학작품에 차용되는 소재들을 살펴보면 사실 생각만큼 그 종류가 많지 않다. 그런데도 문학이 사라지지 않고 오래도록 그 명맥을 유지하고 있는 것은 비록 같은 소재라 하더라도 작가마다 각기 새로운 해석을 내놓고 있기 때문이다. 이 동시는 빠진 이를 "지붕에 던져 주어야 까치가 새 이"를 가져다준다는 전래동요에서 착상을 얻어 온 작품으로, 소재 면에서 그다지 새로울 것이 없다. 그럼에도 기존의 관념에 매몰되지 않고 독창적인 방법으로 사물 및 현상을 재해석하고 있어 그만큼 참신하게 다가온다. 화자는 동생의 빠진 앞니를 까치가 물어

가도록 지붕에 던지려고 한다. 하지만 마땅한 장소를 찾지 못하고 "아파트 옥상도 지붕인가요?"라고 물으며, "빠진 이를 옥상에 던져두고 올까" 한참을 망설인다. 그러다가 "까치가 둥지를 튼 아까시나무"를 발견하고는 그 밑에 앞니를 묻는다. 이러한 화자의 행위는 까치가 헌 이를 가져가고 새 이를 준다는 속설에 근거를 둔 것이기는 하지만, 뒷문장인 "오늘 와 보니 글쎄 아까시나무에/하얀 이 수천 개가 주렁주렁 달렸네요"라는 표현을 이끌어 내기 위한 사전 포석인 셈이다. "앞니"를 "아까시나무 꽃"에 비유한 발상도 기발하지만, 주거 환경의 변화로 자칫 사라질지도 모르는 전통문화를 현실에 맞게 재구성해 낸 재치가 매우 돋보인다.

이처럼 동심의 세계를 노래한 곽해룡의 동시는 그 발상이나 기교면에서 무척 새롭다. 이 점은 유년기 아이들의 특성을 잘 잡아낸 "아가는/자꾸 거울을 뒤집어 본다//아가는 제 뒷모습이 궁금해"(「거울 보는 아가」 전문)와, "봄이란 글자를 잘 봐/뿔 달린 염소처럼/몸 위에 뿔 두 개 달았잖아"(「봄」 부분)와 같이 서로 생김새가 비슷한 글자인 '봄'과 '몸'을 이용해 역동적이면서도 생동감 넘치는 봄의 이미지를 만들어 내고 있는 작품들에서도 얼마든지 발견할 수 있다.

4. 대상을 꿰뚫는 날카로운 시안(詩眼)

곽해룡의 동시를 읽다 보면 그가 참 눈이 밝은 시인이란 생각이 들 때가 많다. 그만큼 그는 일상에서 흔히 볼 수 있는 사물이나 사건들을 허투루 보는 법이 없다. 시인에게 있어서 치밀한 관찰력은 좋은 작품을 쓰는데 꼭 필요한 자질 가운데 하나이다. 시안(詩眼)이 밝은 시인은 사물이나 사건의 표층을 뚫는 날카로움을 지니고 있다. 그때문에 남들 눈에는 대수롭지 않게 생각되는 것에서도 색다른 의미를 찾아내곤 한다. 다음의 동시는 곽해룡의 시적 재능이 어디에서 비롯되는지를 잘 보여 준다.

> 눈덩이를 굴리면
> 흙도 묻어오고
> 검불도 묻어오고
> 발자국도 묻어온다
>
> 눈사람 속에는
> 길 한 자락이
> 돌돌돌 감겨 있다
>
> —「눈사람」 전문

이 동시는 불과 2연 7행으로 이루어진 비교적 짧은 작품이지만, 우리 동시와 관련해서 많은 것을 생각하게 해 준다. 일반인은 물론 동시를 창작하는 시인들의 경우에도 동시하면 으레 맑고 순수한 것만을 생각한다. 그렇다 보니 세상에 대한 진지한 탐색 없이 그저 가벼운 말장난에 그치고 마는 작품들이 허다하다. 하지만 동시도 문학인 이상 삶의 보편적 정서를 지니고 있어야 하는 것은 당연하다. 실제로 눈덩이를 굴려 본 사람은 안다. "눈덩이를 굴리면/흙도 묻어오고/검불도 묻어오고/발자국도 묻어온다"는 것을. 그런데도 지금껏 '눈' 혹은 '눈

사람'과 관련된 동시들을 보면 현실과 달리 지나치게 예쁘게만 포장된 면이 없지 않다. 하지만 이 동시는 좋은 것만 보여 주려고 애쓰지 않는다. 그저 있는 그대로를 보여 줄 뿐이다. 그러면서도 "눈사람 속에는/길 한 자락이/돌돌돌 감겨 있다"는 진술에서 보듯이 상당히 철학적이면서도 깊은 사유의 맛이 느껴진다.

할머니가 옛날 사탕을 하나 주면서, 사탕 하나에 든 달고 고소한 맛이 얼마나 긴 줄 아느냐고 물었다 맛의 길이를 어떻게 재느냐고 되물었더니, 걸으면서 재 보면 운동장 열 바퀴도 넘는다고 했다 뛰면서 재면 스무 바퀴도 넘겠다고 했더니, 자동차를 타고 재면 서울에서 천안도 갈 거라 했다 비행기를 타고 재면 제주도도 가겠다고 했더니, 할머니는 더 이상 말을 잇지 못했다

사탕 하나 물고 다녀올 수 있는 거리
황해도 옹진이 고향이신 할머니

—「맛의 거리」 전문

나무가
하나 둘
잎을 떨어뜨린다

봄여름 동안 짠 그늘
한 올 한 올 풀어내고 있다

가지를 한 뼘 키우면
한 뼘 자라는 그늘

잎 하나 달면
그만큼 촘촘해지는 그늘

내년엔
더 넓게
더 촘촘하게 짜겠다고

잘못 뜬 뜨개옷 풀어내듯
하나 둘
나무가
잎을 떨어뜨린다

―「가을 나무」 전문

표제작인 앞의 동시 「맛의 거리」는 이산의 아픔을 그린 작품이다. 동시 문단에 곽해룡의 이름을 또렷이 각인시킨 출세작으로, 그의 시적 재능을 유감없이 보여 준다. "옛날 사탕을 하나 주면서, 사탕 하나에 든 달고 고소한 맛이 얼마나 긴 줄 아느냐"는 할머니의 물음에 화자가 "맛의 길이를 어떻게 재느냐"고 반문하면서 시작되는 이 동시는 할머니와 화자의 말놀이를 따라 시상이 전개된다. 그리고 이러한 말놀이는 결국 "사탕 하나 물고 다녀올 수 있는 거리/황해도 옹진이 고향이신 할머니"로 귀결되면서 그 주제가 자연스럽게 도출된다. '달콤한 사탕'과 '이산의 아픔'이라는 전혀 생뚱맞은 조합이 절묘하게 어우러지면서, 그 어떤 작품보다도 커다란 감동을 만들어 낸다. 사탕에 담긴 맛의 길이를 어느 두 곳 사이의 떨어진 정도를 가리키는 말인 '거리'로 환치해 내는 그 수법이 실로 대범하다.

그 점은 뒤의 동시 「가을 나무」의 경우도 마찬가지이다. '가을'과 '낙엽'은 이미 이전에도 많은 시인들이 사용한 낯익은 소재이다. 하지만 이 동시는 그와는 전혀 다른 방식으로 일상 속 풍경을 재해석해 냄으로써, 또 다른 감흥을 불러일으킨다. 화자는 가을날 나무에서 잎이 떨어지는 것에 대해 "봄여름 동안 짠 그늘/한 올 한 올 풀어내고 있다"고 말한다. 이것은 마지막 연인 "잘못 뜬 뜨개옷 풀어내듯/하나 둘/나무가/잎을 떨어뜨린다"에서 보는 것처럼, 화자가 나무의 생장을, 그늘을 만들어 내는 뜨개질에 비유하고 있는 것에서 비롯된다. 그 때문에 3연의 "가지를 한 뼘 키우면/한 뼘 자라는 그늘/잎 하나 달면/그만큼 촘촘해지는 그늘"이나, 4연의 "내년엔/더 넓게/더 촘촘하게 짜겠다고"와 같은 표현이 가능해지는 것이다. 계절에 따라 변화하는 모습을 그늘을 만들어 내기 위한 뜨개질에 빗댄 발상과 그것을 풀어내는 것이 여간 솜씨가 아니다.

5. 더욱 소중하고 미더운 동시의 세계

이제 겨우 첫 동시집을 펴낸 만큼 향후 곽해룡이 어떤 작품을 선보일지 속단하는 것은 위험하면서도 조심스러운 일이다. 하지만 지금까지 살펴본 바와 같이 그의 동시는 일상 속 풍경을 새롭게 해석하는 능력 면에서 탁월하다. 또한 기발하면서도 번뜩이는 상상력과 언어를 다루는 감각 등 여러 면에서 이전 동시보다 한층 진일보한 모습을 보여 주고 있다. 따라서 앞으로도 좋은 작품을 쓸 수 있을 것으로 기대해도 좋을 듯하다.

더욱이 이와 같은 판단을 가능하게 만드는 것은 탄탄한 기본기 못지않게 시작(詩作)에 임하는 그의 진지하고 성실한 자세도 크게 한몫하고 있다. 그는 자신의 첫 동시집 『맛의 거리』의 머리말에서 하루하루 반성문을 쓰는 마음으로 동시를 쓰고 있다고 말한다. 그의 동시에 유독 삶에 대한 성찰이 강하게 묻어나는 작품이 많은 것은, 그가 평소 그와 같은 시 정신을 견지하고 있는 것과도 관련이 있을 것으로 생각된다.

좋은 시는 결코 타고난 재능만으로 이루어지지 않는다. 좋은 시에는 언제나 시인의 진정성이 강하게 묻어난다. 특히 동시의 경우에는 제 아무리 시적 기교가 뛰어나더라도 동심에 대한 깊은 애정이 없으면 독자들에게 감동을 불러일으키지 못한다. 따라서 동시를 쓰는 시인이라면 부단히 낮은 자세로 동심에 다가서려고 노력해야 한다. 비록 신인이지만 곽해룡의 동시가 더욱 미덥고 소중하게 여겨지는 것은 바로 그때문이다.

-〈도서관이야기〉 2009년 6월호

봄이 가까운 사람들

—이안 동시집 『고양이와 통한 날』[1]

　『고양이와 통한 날』은 이미 두 권의 시집을 통해 사물의 본질을 꿰뚫는 날카로운 시선을 지닌 것으로 평가받고 있는 시인 이안의 첫 동시집이다. "단단하고 찰진 생태적 상상력이 든든하게 밑받침해 주고, 언어를 알뜰하게 저며 낼 줄 아는 솜씨가 범상치 않으며, 군말 없이 사물과 사태의 핵심을 향해 바로 쳐들어가면서도 잔상 효과가 강한 시"[2]라는 이문재의 지적처럼, 생태적 상상력은 이안 시의 주요한 특징 가운데 하나인데 이는 그의 동시에 있어서도 예외가 아니다.

　이 동시집에 실려 있는 52편의 작품들은 대부분 자연을 배경으로 삼고 있으며, 소재 역시 냉이꽃·민들레·은행나무·모과나무·대추나무·해바라기·국화 등 자연 속에서 흔히 발견할 수 있는 것들이다. 그때문에 자칫 식상하게 여겨질 법도 하지만, 이안의 동시는 오히려

---

1 문학동네어린이, 2008.
2 이문재, 「토요일에 만나는 시」, 〈동아일보〉, 2002년 11월 2일자 참조.

그와 같이 우리에게 익숙한 사물 혹은 사건 속에서 더욱 빛을 발한다. 이것은 그만큼 그의 시적 재능이 뛰어나다는 것을 반증하는데, 실제로 그는 낯익은 풍경을 자신만의 독특한 방식으로 풀어내는 능력이 탁월하다. 따라서 그의 시선을 거친 풍경들은 곧잘 이전과는 색다른 정경(情景)으로 다가오곤 한다.

도둑고양이
발자국 까맣게
오시네

넉 점박이 열두 점박이
천만 점박이

도둑고양이
발자국 하얗게
오시네

－「첫눈」 전문

이 동시는 첫눈이 내리는 장면을 묘사하고 있다. 우선 이 작품은 하늘에서 떨어지는 눈을 고양이의 발자국에 빗대어 표현한 점이 매우 인상적이다. 보통의 경우라면 눈과 강아지를 먼저 떠올릴 법한데 시인은 강아지의 자리에 고양이를 대신 위치시키고 있다. 그런데 이러한 자리바꿈은 이 작품에서 커다란 효과를 불러일으킨다. 화자는 소리 소문 없이 찾아온 첫눈에 대한 자신의 인식 작용을 사람들의 눈을 피해 잠행(潛行)하는 '도둑고양이'의 생태적 특징과 결부시키고 있는데, 그 연결고리가 대단히 자연스러울 뿐만 아니라 작품 전체의 분위기와 절묘하게 맞아떨어진다. 특히 이 작품에서 눈여겨볼 대목은 시간의 흐름과 공간의 이동에 따라 다양하게 변주되는 눈의 형상이다. 이 작품은 비록 3연 8행으로 이루어진 소품이지만, 시인은 전체 구성의 중심축이 되는 2연에 "넉 점박이 열두 점박이/천만 점박이"와 같이 시간의 흐름에 따라 점차 증가하는 눈의 양적 변화를, 그리고 그 전후인 1연과 3연에 "발자국 까맣게"와 "발자국 하얗게"와 같이 수직적 공간의 이동에 따라 각각 다르게 지각되는 눈의 변화를 배치하고 있다. 그런 까닭에 시적 짜임새가 정갈하면서도 마치 눈앞에 눈 내리는 장면이 그대로 재현되고 있는 듯한 착각이 들 만큼 강렬한 인상을 심어 준다.

그런가 하면 이 동시집에는 이안 시인의 생태학적 관점이 어떠한지를 엿볼 수 있는 작품들이 다수 눈에 띈다. 이는 책머리에 실린 글에서 시인이 밝히고 있는 것처럼, "먹고살 만큼만 농사짓고 그 안에서 행복하게 살자"는 생각으로 도시 생활을 청산하고 과감히 시골행을 선택한 전력으로 미루어 보아 당연한 결과로 생각된다. 그래서인지 생태학적 관점이 온전히 드러나는 그의 작품은 그 정황이 매우 구체적이고, 일상적이다. 그만큼 호소력 또한 짙은 편이어서 쉽게 그 목소리에 귀를 기울이게 되고 마음을 열게 된다.

뒷산 두릅밭 지나가면서
어린순 몇 개는 살려 두었다

내년 봄이 가까운
동네 사람들

뒷산 두릅밭 지나가면서
우듬지까지 싹둑싹둑 잘라서 갔다
내년 봄이 아득한
먼 데 사람들

　　　　　　　　　　　　　　　－「동네 사람 먼 데 사람」 전문

할머니 주무시기 전 다녀오는 곳
지팡이 더듬더듬 다녀오는 곳

집 앞 밭둑 전봇대
밤에도 대낮 같은 가로등 아래

들깨 아기 참깨 아기
잘들 자라고

밭 아기들 머리맡
불 꺼주고 오시네

　　　　　　　　　　　　　　　　　　－「할머니 마음」 전문

　앞의 동시 「동네 사람 먼 데 사람」은 그 제목에서 보는 것처럼 "동
네 사람들"과 "먼 데 사람들"로 통칭되는 도시 사람과 시골 사람의 상
반된 의식구조를 보여 주고 있다. 이 작품에서 화자는 "뒷산 두릅밭
지나가면서" 보여 준 시골 사람들과 도시 사람들을 행태를 비교하고

있다. 즉, "어린순 몇 개는 살려 두었다"(동네 사람들)와 "우듬지까지 싹둑싹둑 잘라서 갔다"(도시 사람들)가 바로 그것인데, 화자는 이를 통해 자연을 대하는 시골 사람들과 도시 사람들의 인식 차이에 상당한 괴리감이 있음을 알려 준다. 그리고 그러한 차이가 "내년 봄이 가까운" 혹은 "내년 봄이 아득한"과 같이 서로 다른 시간 개념에서 비롯된 것이라는 점만 언급할 뿐, 그 이상의 세세한 설명은 덧붙이지 않는다. 그럼에도 그것이 자연과의 친연성과 밀접한 관련이 있음을 어렵지 않게 파악할 수 있는데, 이처럼 이안의 작품은 간결하게 문제의 핵심을 찌르는 것이 강점이다.

그 다음의 「할머니 마음」은 앞의 동시와 마찬가지로 시골 사람들이 어떤 마음으로 자연물을 대하는지를 잘 보여 주고 있다. 자신이 기르는 들깨와 참깨가 "집 앞 밭둑 전봇대"의 가로등 불빛으로 인해 생장에 좋지 않은 영향을 줄까 싶어, 주무시기 전 불편한 몸을 지팡이에 의지한 채 더듬더듬 가로등을 끄기 위해 집을 나서는 할머니의 마음씀씀이가 훈훈하게 전해 온다. 특히 이 작품은 "들깨 아기 참깨 아기"에서 보는 것처럼, 시 속에 등장하는 사물들이 모두 인격을 부여받은 존재들로 그려지고 있다. 이런 사실은 자연과 인간을 따로 떼어내지 않고, 서로 동등한 관계로 바라보고자 하는 생물 평등주의 곧 생태중심적 세계관과 그 맥을 같이 하고 있음을 알게 해 준다.

이 외에도 이안의 동시에는 자연물과 인간이 대립하지 않고 공존하는 모습을 담아낸 작품들이 많다. 가령, "빨래를 해서 널면 잘 말려 줄 건지/하늘에 여쭤 보고/바람에게 물으신다"(「빨래」 부분)나 "가만히/은행나무를 보고 있자니/마음이 아주/노래진다//꼭/노란 은행나무

가/내 안에/들어온 것처럼"(「은행나무」 부분)이 그 대표적인 예인데, 그의
동시에 이러한 유형의 작품들이 많다는 것은 그만큼 그의 세계관이
자연친화적임을 말해 준다. 그래서 최근 날로 중요시되는 생태적 감
수성을 고취하는 데 적지 않은 기여를 할 수 있을 것으로 기대된다.

　　　　　집에 오는데
　　　　　해바라기가
　　　　　비를 맞고 섰다

　　　　　그냥 가려다가
　　　　　잠깐
　　　　　우산을 받쳐 주었다

　　　　　　　　　　　　　　　　　　　　　　　　　－「해바라기」 전문

　　　　　학교 가방 놓고
　　　　　피아노 가방 든다
　　　　　피아노 가방 놓고
　　　　　미술 가방 든다
　　　　　미술 가방 놓고
　　　　　글쓰기 가방 든다
　　　　　글쓰기 가방 놓고
　　　　　저녁밥 뚝딱, 후다닥
　　　　　영어 가방 든다
　　　　　영어 가방 놓고
　　　　　전 과목 가방 든다
　　　　　휴-,

이것만 갔다 오면
긴 월요일도
이젠 끝이다 씻고
숙제하고 일기만 쓰면
된다

―「월요일」 전문

　게다가 이 동시집에는 비록 많은 수는 아니지만 아이들의 세계를 따뜻한 애정에 담아 그려 낸 작품들이 또 한자리를 차지하고 있다. 이들 동시들은 아이들의 순수한 마음으로부터 학습에 대한 심리적 압박감을 노래한 작품에 이르기까지 다양한 모습을 보여 준다. 동시 「해바라기」는 어느 비 오는 날 어린 화자가 집에 오는 길에 비를 맞고 있는 해바라기에게 우산을 씌워 준 경험을 노래하고 있다. 그 행위가 단순한 장난인지, 아니면 비를 맞고 있는 해바라기에 대한 안타까움인지 시에는 명확하게 표현되어 있지 않다. 하지만 화자의 그런 행위만으로도 이 동시는 다른 그 어떤 작품보다 동시적인 특성이 강하게 살아 있다고 말할 수 있다. 아이들은 어른들과 달리 아주 사소한 일에도 쉽게 감응하고 반응을 보인다. 그래서 전혀 예상치 못한 행동을 자주 하곤 하는데, 이 작품에는 그와 같은 아이들의 심리가 잘 나타나 있다.
　또 다른 동시 「월요일」은 앞서 언급한 「해바라기」와는 달리 오늘날 갈수록 치열해지는 입시 경쟁 속에 매몰되어 힘겨운 나날을 보내고 있는 아이의 일상을 그린 작품이다. "학교 가방 놓고/피아노 가방 든다/피아노 가방 놓고/미술 가방 든다/미술 가방 놓고/글쓰기 가방 든다"에서 보는 것처럼, 이 작품이 그려 내고 있는 모습은 오늘날 대다수의 아이들이 공감하고 있는 불편한 진실이다. 그럼에도 불구하고 이 작품의 화자가 그러하듯 대부분의 아이들은 자신들을 옭아매고 있는 그와 같은 현실에 저항하지 못한다. 그저 "휴—"하고 자신들의 어려움을 토로할 뿐이다. 왜냐하면 어른에 비해 약자일 수밖에 없는 아이들은 아무리 자신의 처지를 강변해 본들 그것이 개선될 여지가 없음을 너무나도 잘 알고 있기 때문이다. 그런 상황에서 아이들이 할 수 있는 일이란 "귀찮고 지겨워서 나는/어서 어른이 되어야지/어른이 되어/내 맘껏 살아야지/생각"(「눈」 부분)하는 것으로 위안을 삼는 것은 당연한 일이다. 이 작품은 그런 아이들의 마음을 조금도 과장함이 없이, 그 어떤 계몽적 훈사의 개입 없이 있는 그대로를 보여 준다. 그래서 이와 유사한 내용을 다룬 여느 작품과 달리 문학성이 훼손되는 것을 미연에 방지하고 있다.

지금까지 살펴본 바와 같이 이안 시인의 첫 동시집 『고양이와 통한 날』은 시인 자신의 삶의 공간인 자연을 주된 배경으로 삼아 씌어져 있다. 그때문에 도시적 상상력보다는 자연과의 친연성에서 비롯된 생태적 상상력이 중심 골격을 이루고 있는 작품들이 많으며, 소재 역시 어느 시골에서나 쉽게 목격할 수 있는 낯익은 사건 및 사물을 취하고 있다. 그러면서도 그의 동시는 조금도 식상하게 다가오지 않는다. 그것은 시인이 그러한 익숙한 풍경들을 자신만의 독특한 시각 혹은 방식으로 재구성해 내고 있기 때문이다. 또한 그의 동시는 최근 잇달아 동시집을 출간하고 있는 다른 유명 시인들의 작품과 달리 동시로서 갖추어야 할 요건을 비교적 충실하게 갖추고 있다. 그런 까닭에 전체적으로 시적 완성도가 균질하게 다가올 뿐만 아니라 안정감을 준다. 아마도 그것은 그의 동시가 그 어떤 기획 의도에 따라 단시일 내에 창작된 것이 아니라, 약 10년이라는 오랜 기간의 숙련 과정을 거쳐 숙성되었기 때문으로 보인다.

다만 그의 첫 동시집에서 조금 아쉬운 것은 "'아이'에 앞서 '시'가 되지 못하면 '동시'가 될 수 없다"는 시인의 말에 십분 동의하면서도, 어쩐지 그의 작품이 아이들의 정서와는 어느 정도 괴리가 있겠구나 하는 점이다. 물론 동시의 주된 독자층이 아이들이라고 해서, 오늘날 아이들의 삶이 모두 도시화되었다고 해서, 그와 같은 시류에 반드시 편승할 필요는 없을 것이다. 그리고 어떤 방식으로 어떤 방향으로 자신의 시적 길을 개척해 나갈지는 전적으로 시인 개인이 선택할 문제이다. 하지만 독자의 한 사람으로서 개인적 바람을 소박하게 피력해 본다면, 앞으로는 지금보다 좀 더 아이들의 삶에 밀착해 들어가 아이들과 더욱 폭넓게 공유할 수 있는 동심의 장을 만들어 가면 어떨까 하는 마음이다. "서리 내린 날 국화를 바라보면/코가 맵고 눈이 따가워요//얼며 차거워진 빛!//따뜻한 물 한 모금 머금고 바라보면/얼음 풀고 내 몸속/한 점 빛으로 피어나지요"(「국화」 전문)하고 노래할 만큼 날카로운 혜안과 섬세한 감수성을 지닌 시인이라면 그와 같은 동시의 세계를 만들어 내는 것이 그리 어려운 일만은 아닐 것이다.

－〈충북작가〉 2009년

시를 읽는 **즐거움**

−이병승 동시집 『초록 바이러스』[1]

어떤 대상에 대한 가치판단에는 으레 판단하는 사람의 주관이 개입하기 마련이다. 이는 문학작품에 있어서도 예외가 아니어서 어떤 작품의 좋고 나쁨과 같은 가치판단 역시 평자가 지닌 가치관에 따라 달라진다. 그때문에 어떤 작품에 대한 온전히 객관적 평가란 애당초 불가능하다. 그럼에도 과거는 물론 현재에도 문학작품에 대한 가치판단은 끊임없이 진행되고 있으며, 미래에도 계속될 것이다. 이것은 기본적으로 문학은 미적 정서와 상상과 창조, 사상성과 형식 등의 요소가 긴밀하게 결합되고 유기적으로 통일됨으로써 이루어진다는 문학의 특성에서 비롯된다. 실제로 미적 정서, 상상과 창조, 사상성, 형식은 언어예술로서의 문학을 존재하도록 만드는 핵심적인 요소들이다. 따라서 이들 요소에 주목해서 작품을 살펴본다면 비록 온전하지는 않지

---

1 푸른책들, 2010.

만 어느 정도의 객관적인 가치판단은 가능하다.

그런 점에서 이병승의 동시집 『초록 바이러스』를 검토해 보면, 우선 그의 시는 문학적 완결성 면에서 상당한 수준을 보여 주고 있다고 판단된다. 이 동시집에는 총 51편이 수록되어 있는데, 이들 가운데 많은 수가 문학적 요건을 충실히 갖춤으로써 그만큼 시를 읽는 즐거움이 크다.

학교 끝났다, 오버

신발주머니 가방
머리 위로
빙글빙글 돌리며
달린다

두두두두두 두두두두

발이 땅에서 떠오르는 아이들
모두 다
헬리콥터 되어

난다, 난다
신난다

－「헬리콥터」전문

이 시는 학교 수업을 마친 아이들이 일제히 운동장으로 쏟아져 나오는 모습을 묘사하고 있다. 본래 학교는 일정한 목적과 제도 및 규칙에 의거하여 피교육자를 교육하기 위해 설립된 기관이다. 그런 까닭에 개인의 자유는 엄격히 통제된다. 사방이 가로막힌 교실과 딱딱한 책상이며 의자, 거기에 지루하고 딱딱하기만 한 수업. 그래서 교실 안에 자석처럼 들러붙어 있다 보면 어느새 온몸이 굼실거리고, 정신은 아득해지기 일쑤다. 그리고 빨리 학교에서 탈출하고 싶은 욕구가 팽배해진다. 그리고 인내심이 거의 극에 도달했을 무렵 구세주처럼 들려오는 수업 종료를 알리는 종소리. "학교 끝났다, 오버"는 그야말로 메마른 가슴을 적시는 단비처럼 달콤할 것이다. 이 시에서 "신발주머니 가방/머리 위로/빙글빙글 돌리며/달린다"는 표현은 그런 아이들의 해방감을 역동적으로 보여 준다. 시인은 그와 같은 아이들의 모습에서 헬리콥터를 연상한다. "두두두두두 두두두두" 땅을 박차고 이륙하는 헬리콥터와 아이들을 동일시하는 시인의 상상력이 예사롭지 않다. 특히 마지막 연의 "난다, 난다/신난다"라는 표현 역시 범상치 않다. "난다"라는 동사와 "신난다"라는 형용사가 절묘하게 어우러져 시적 효과를 배가시키고 있다. 청각적 심상과 시각적 심상으로 잘 어우러져 "발이 땅에서 떠오르는 아이들" 즉, 억압과 속박으로부터 벗어난 아이들의 해방감이 싱싱하게 살아 있는 시이다.

> 칭찬의 말은
> 무게가 있어서
> 아래로
> 쪽!

꾸중의 말은
불같아서
위로
쭉!

하루에도 몇 번씩
열리고
닫히는
내 마음

–「지퍼」 전문

그런가 하면 이 시는 앞의 작품과는 또 다른 읽는 맛을 준다. 「헬리콥터」가 역동적인 이미지를 통해 밝고 경쾌하게 아이들의 심리를 그려 내고 있다면, 이 시는 좀 더 내밀한 접근법을 통해 아이들의 심리를 포착해 내고 있다. 가령, "칭찬의 말"을 들었을 때와 "꾸중의 말"을 들었을 때 작용하는 심리 변화를 '지퍼'를 여닫는 행위에 빗대고 있는데, 그 비유가 절묘하다. 그러면서도 충분한 공감대를 이끌어 낸다. 더욱이 3연의 "하루에도 몇 번씩/열리고/닫히는/내 마음"에서 보는 것처럼, 꾸밈없이 자신의 속내를 그대로 드러내는 시적 화자의 솔직함이 이 시의 미덕이다. 손바닥 뒤집듯 하루에도 몇 번씩 극과 극을 오가는 것이 아이들의 마음이란 점을 감안하면, 시인이 아이들만의 심리적 특성을 잘 이해하고 있다는 생각이 든다. 서로 상반되는 상황을 적절하게 배치해서 효과를 극대화하고 있는데, 그 내용과 형식이 조화를 잘 이루고 있는 시라고 할 수 있다.

차가운 물은 컵을 대고
한 손으로 누르면 되지만

뜨거운 물은
허리를 숙이고
빨간 단추도 눌러야 해

누군가의 얼어붙은 마음도
따뜻하게 풀어 주려면

한 손으론 안 되지
공손한 두 손이 필요하지

　　　　　　　　　　　　　　－「냉온 정수기」 전문

　시를 읽는 즐거움 가운데 하나는 익숙한 사물 및 일상을 새롭게 인
식하는 데 있다. 하지만 우리의 사고는 일찍이 고정관념으로 무장된
탓에 익숙한 것들에 대해서는 의심하지 않는 경향이 있다. 즉, 주변
환경에 길들여져 자동화된 채로 살아간다. 그래서 낯익은 풍경을 대
할 경우에 평안함을 느끼는 반면, 낯선 풍경을 마주치게 되면 두려움
에 사로잡히곤 한다. 이는 시에서도 마찬가지이다. 본래 시인이란 어
떤 사물이나 현상 속에서 의미 있는 사실을 발견하고, 그것을 언어로
직조하여 우리 의식에 충격을 가함으로써 미적 정서를 생성해 내는
사람들이다. 이 시는 오늘날 일상용품이 되어 버린 냉온 정수기를 통
해 타인과의 관계에 있어 어떤 태도를 지녀야 하는지를 알려 준다.

"뜨거운 물은/허리를 숙이고/빨간 단추를 눌러야"하는 것처럼 "누군가의 얼어붙은 마음도/따뜻하게 풀어 주려면" 공손한 자세를 지녀야 한다는. 하루에도 몇 번씩 냉온 정수기를 이용하면서도 과연 이러한 깨달음을 얻는 사람들이 몇이나 될까? 이 시를 읽다 보면 '정말 그렇게 생각할 수도 있구나'하고 감탄하게 된다. 이는 평소 사물을 대하는 시인의 눈이 그만큼 날카롭다는 것을 반증한다. 낯익은 풍경을 새롭게 인식하도록 이끌어 주는 것, 바로 그것이 시가 지닌 진정한 묘미가 아닐까 싶다.

이처럼 이병승 동시집 『초록 바이러스』에 실린 작품들은 미적 정서, 상상과 창조, 사상성, 형식 등 문학적 요건을 두루 갖춤으로써, 시를 읽는 즐거움을 배가시킨다. 이것은 이 시인이 지닌 문학적 감수성 및 재능이 뛰어나다는 것을 말해 준다. 이 점은 짧은 지면 탓에 충분히 소개하지는 못했지만, 「튀어나온 못」, 「비밀 일기장」, 「고양이 기사」, 「석구」, 「ARS」를 비롯한 여러 작품을 통해 얼마든지 확인할 수 있다. 사실 한 권의 동시집에서 이와 같이 많은 수작을 만나기란 쉬운 일이 아니다. 그런 점에서 이병승의 『초록 바이러스』는 좋은 동시를 갈구하는 독자들이 동시의 참맛을 느낄 수 있는 동시집 가운데 하나라고 말해도 좋을 듯싶다.

−〈어린이책이야기〉 2010년 겨울호

상상력, 롤러코스터를 타다

―시현지 어린이시집 『욕심쟁이 항아리』[1]

1. 동심으로 만나는 세상

어른들과 아이들이 바라보는 세상은 사뭇 다르다. 어른들에게 세상
은 생존을 위한 치열한 싸움터인 반면, 아이들에게는 끊임없이 호기
심을 자극하는 마법의 숲과 같다. 꽃이 피었다 지고, 밤과 낮이 바뀌
고, 비행기가 하늘을 날아가는 등, 아이들에게는 그 모든 것이 마냥
신기하기만 하다. 이처럼 아이들은 어른들이 보기에 별것 아닌 일에
도 커다란 관심과 흥미를 보인다. 이것은 아직 경험이 적은 탓에 세상
을 충분히 이해할 수 있는 능력이 부족하기 때문이다.

하지만 아이들은 그 부족함을 자신들만의 방식으로 채워 나간다.
가령, 길가에 혼자 피어 있는 꽃에게 슬픈 표정으로 "넌, 어쩌다 길을
잃었니?"하고 묻기도 하고, 어느 날 밤하늘의 달이 보이지 않으면

---

1 북인, 2010.

"달이 잠자러 갔나 보다."하고 생각하기도 한다. 어른들로서는 유치하고 황당하게 여겨지는 그와 같은 아이들의 말과 행동, 우리는 그것을 '동심'이라고 부른다. 그러니까 아이들은 곧 동심으로 세상을 보는 존재이다.

물론 어른이면서 동심으로 세상을 보는 사람들이 있다. 바로 '동시'를 쓰는 시인들이다. 하지만 그들의 동심은 진짜가 아니다. 그들이 쓴 동시를 읽다 보면 '과연 이것이 아이들의 마음일까?' 의심될 때가 많다. 그때마다 어른들이 흉내 낸 동심이 아니라 진짜 동심을 만났으면 좋겠다는 생각을 하곤 했다. 그러던 중에 우연히 시현지 어린이의 시를 알게 되었고, 덕분에 참 행복했다. 시현지 어린이의 시에서, 어른들이 쓴 동시에서는 결코 맛볼 수 없는 진짜 동심의 세계를 만났기 때문이다.

2. 아이들의 삶과 주변 풍경

어른들은 흔히, 아이들은 걱정할 일이 없어서 좋겠다고 말한다. 아이들의 입장에서는 그다지 반갑지 않은, 아니 절대로 인정하고 싶지 않은 어른들의 편견이다. 개구리 올챙이 적 생각 못한다고. 분명 자신들의 어린 시절을 떠올려 보면 그렇지 않다는 것을 금방 알 수 있을 텐데도, 어른들은 왜 그리도 한결같은지. 더욱이 요즘처럼 학교 공부 외에도 밤늦도록 학원을 전전해야 하는 아이들로서는 여간 억울한 일이 아니다.

모두가 무서워하는
공포의 시험날

분주한 주인의 손을 거친
시험지는

어느새 호랑이 선생님의
책상에서

차디찬 시간을
보내고 있다

우리 반 현아의 시험지에는
전교 일등의 함박눈이 웃음처럼 내리고

7반 정수 시험지에는
전교 꼴등의 소나기가 눈물처럼 내린다

최선을 다한 나의 시험지에는
진눈깨비가 흩날린다

                                       −「시험지」 전문

  시집 첫 머리를 장식하고 있는 이 시는 시험 날의 교실 풍경을 담
았다. 시험 결과에 따라 희비가 엇갈리는 아이들의 마음이 재미있게
나타나 있다. 전교 일등의 시험지를 "함박눈"에, 전교 꼴등의 시험지
를 "소나기"에, 최선을 다한 내 시험지를 "진눈깨비"에 빗대어 표현한

점이 특히 인상적이다. "모두가 무서워하는/공포의 시험날"이라는 화자의 말처럼, 예나 지금이나 시험은 모두가 가장 두려워하는 대상이다. 어른들과 마찬가지로 아이들도 맞닥뜨린 상황에 따라 웃기도, 울기도 하는 존재임을 잘 보여 주고 있다.

"아이고, 저 전봇대를 없애야 된당께요."

마을 이장의 말을 들으며
전봇대는 슬퍼집니다

화가 나지만 소리칠 수 없습니다
슬프지만 눈물이 나지 않습니다

영이네 텔레비전이 나오도록 하는 것도
까치의 집을 마련해 주는 것도
강아지의 화장실이 돼 주는 것도
다 전봇대인데 말이지요

참고 참고 또 참으며 전봇대는
우뚝 솟은 산처럼
묵묵히 아래만 바라봅니다
　　　　　　　　　　　　　　　　　　　　－「전봇대」전문

　　이 시는 화자가 전봇대의 입장이 되어 상상한 내용이다. "영이네 텔레비전"이 나오게 해 주고, "까치의 집"을 마련해 주고, "강아지의 화장실"이 되어 준 전봇대. 화자는 그런 전봇대를 없애야 된다는 말에 전봇대는 마음이 얼마나 슬플까 하고 생각한다. 무생물인 까닭에 "화가 나지만 소리칠 수"도 없고, "슬프지만 눈물이 나지" 않는 전봇대. 화자는 자신의 감정을 밖으로 드러내지 못하고, 참고 또 참으며 "우뚝 솟은 산처럼/묵묵히 아래만 바라"보는 전봇대의 모습을 안타깝게 바라보고 있다. "아이고, 저 전봇대를 없애야 된당께요." 같이 구수한 사투리를 사용해 시에 활기를 불어넣은 점도 뛰어나지만, 남의 불행을 모른 척하지 않고 자신의 일처럼 여기는 아이들의 고운 심성이 오롯이 느껴진다.

3. 독특한 발상과 풍부한 상상력

이처럼 아이들이라고 해서 고민과 걱정이 없는 것이 아니다. 하지만 아이들은 역시 아이들답게 생각하고 행동할 때 더욱 아름답다. 어른들처럼 세상일에 매달려 마음을 흩뜨리기 보다는 맘껏 뛰어놀며 몸과 마음을 살찌우는 것이 좋다. 어린 시절을 즐겁게 보내면 어른이 되어서도 행복하게 살 수 있다. 따라서 아이들이 정말로 행복해지기를 바란다면 가장 먼저 아이들의 몸과 마음을 자유롭게 해 주어야 한다. 그래야만 더 넓은 세상을 볼 수 있고, 더 큰 꿈을 키울 수가 있다.

라면은
비닐봉지 택시를 타고
우리집으로 여행을 왔다

선반 위에서 잠시
집 구경을 한 뒤

뜨거운 목욕탕에서
반신욕을 한다

벌건 스프로 염색을 하고
오색 가루들로 치장을 한다

목욕이 끝나면 잘 차려입고
입속 나라 여행을 준비한다

이와 혀의 안마를 받은 후
롤러코스터를 타고
뱃속으로 내려간다

―「라면의 모험」 부분

　이 시는 제목에서 알 수 있듯이 '라면의 모험'에 관한 이야기이다.
화자는 이 시에서 상점에서 팔려 온 라면이 사람의 몸속을 거쳐 바다
에 이르는 과정을 보여 준다. 그런데 그 발상이 매우 독특하고 신선하
다. 라면이 "비닐봉지 택시"를 타고 우리 집으로 왔다는 표현도 흥미
롭지만, 물이 끓는 냄비를 "뜨거운 목욕탕"에, 라면이 입속으로 들어
가 씹히는 것을 "이와 혀의 안마"를 받는 것으로 표현한 점이 눈에 띤
다. 게다가 마치 롤러코스터를 타듯 빠른 속도로 경쾌하게 흘러가는

상상력도 대단히 뛰어나다. 시적 발상에서부터 상상력을 전개 시켜 가는 과정 하나하나가 상당히 치밀하고 재미있게 짜여 있다.

세면대의 수도꼭지는
울보 코끼리다

장난스레 코를 올리면
아프다고 눈물을 쏟아 붓고

마음 약해져 코를 내리면
눈물 뚝 그친다

장난스레 코를 왼쪽으로 돌리면
화가 나 뜨거운 눈물 흘리고

미안해서 코를 오른쪽으로 돌리면
토라져 차가운 눈물 흘린다

까다로운 코끼리
울보 코끼리
　　　　　　　　　　　　　　　　－「수도꼭지 코끼리」 전문

　생김새와 쓰임새가 비슷한 물건들을 서로 견주어 표현하게 되면 생각과 느낌이 풍부해 진다. 그만큼 당연히 재미도 늘어나게 된다. 이 시에서 화자는 "세면대의 수도꼭지"를 "울보 코끼리"에 견주어 상상력을 펼쳐 나간다. 위로 아래로, 좌로 우로 수도꼭지를 움직일 때마다

달라지는 물의 양과 온도를 화자는 코끼리의 눈물에 비유하고 있다. 즉, "장난스레 코를 올리면/아프다고 눈물을 쏟아 붓고", "미안해서 코를 오른쪽으로 돌리면/토라져 차가운 눈물 흘린다"고 말한다. 물론 그와 같은 화자의 말은 사실이 아니다. 모두 화자의 상상력이 만들어 낸 이야기에 불과하다. 손을 씻고 오라고 보냈더니 정작 손은 씻지 않고, 그저 시간 가는 줄 모르고 물장난에 흠뻑 빠져 있는 아이의 모습이 눈에 잡힐 듯 선명하게 묘사되어 있다.

그런데 이처럼 어떤 물건을 상대로 이야기를 지어내며 노는 것이 아이들의 일반적인 특징이다. 아이들은 하나같이 이야기꾼이라고 해도 틀린 말이 아니다. 하지만 안타깝게도 오늘날 우리 아이들은 더 이상 이야기를 만들어 내지 않는다. 잠시도 쉴 틈 없이 하루하루 공부에만 급급하다 보니 나날이 상상력이 줄고 감정은 점점 메말라 간다. 하지만 위의 시에서 보듯이 아이들은 상상놀이를 통해 다른 사람과 관계 맺는 법을 배우고, 자신의 감정을 조절하는 능력을 키워 나간다. 아이들의 몸과 생각을 자유롭게 해 주어야 하는 까닭이 바로 여기에 있다.

4. 어른들도 아이들에게 배워야

사실 아이들은 어른들이 알고 있는 것처럼 나약하지 않다. 어떤 면에서는 어른보다 훨씬 강하고 지혜롭다. 그럼에도 어른들은 지나치게 아이들을 얕잡아 보고, 모든 면에서 어른들에 비해 모자란 존재로 생각하는 경향이 있다. 하지만 다음의 시들은 아이들이 어른들 못지않게 생각이 깊고 똑똑하다는 것을 알게 해 준다.

    공원에 나가 보면
    보이는 개들마다
    주인과 닮았다

    분주한 아줌마 곁엔
    촐랑대는 발발이

    점잖은 할아버지 곁엔
    의젓한 누렁이

    우락부락한 아저씨 곁엔
    험상궂은 불독

    한 집에 살다 보면
    저절로 닮나 보다

                             -「개와 사람」 전문

이 시는 사물을 관찰하는 눈이 예리하고, 생각의 크기도 어른들에 비해 결코 뒤지지 않는다. 화자는 공원에서 개를 끌고 산책하는 사람들의 모습을 관찰하고, 자신이 발견한 사실을 이야기하고 있다. 즉, "분주한 아줌마"와 "촐랑대는 발발이", "점잖은 할아버지"와 "의젓한 누렁이", "우락부락한 아저씨"와 "험상궂은 불독" 같이 주인과 개의 생김새 및 성격, 행동거지가 닮았다는 것을 알게 된다. 그것을 통해 화자는 개와 사람이 "한 집에 살다 보면/저절로 닮나 보다"는 추론을 이끌어 낸다. 그런데 곰곰 생각해 보면 화자의 그런 추론이 매우 설득력이 있다는 생각을 하게 된다. 부부도 오래 살면 서로 닮는다는 말처럼.

형님 먼저 피고
아우는 그 뒤에 피고

형님이든 아우든
먼저 피든 나중에 피든
핀 건 다 예쁜데……

그래서 우린
그냥 '꽃'이라고
부른다

―「꽃」 전문

비록 3연 6행에 불과하지만, 이 시는 울림의 폭이 크다. 이 시에서 화자는 "형님이든 아우든/먼저 피든 나중에 피든" 상관없이 핀 건 다 예뻐서 "우린/그냥 '꽃'이라고/부른다"고 말한다. 얼핏 보기엔 그저 말장난처럼 보이지만, 그 속을 들여다보면 깊은 뜻이 숨겨져 있다. 화자의 말처럼 "형님이든 아우든" 구별하지 않고, "먼저 피든 나중에 피든" 똑같이 대하고 사이좋게 지내면 좋으련만. 우리들이 사는 세상은 그렇지가 못하다. 나이에 따라, 학력에 따라, 재산에 따라, 인종에 따라 우열을 가르고, 그것을 핑계로 다른 사람들을 차별할 때가 많다. 특히 어른들의 경우 그 정도가 더욱 심하다. 아이들도 얼마든지 알고 있는 사실을 어른들은 자신들의 이익만 생각하다 보니 종종 그런 사실을 망각하게 된다. 참 부끄러운 일이다.

5. 행복한 꼬마 시인

지금까지 살펴본 것처럼 시현지 어린이의 시에는 어른들이 쓴 동시에서는 맛볼 수 없는 재미와 감동이 듬뿍 살아 있다. 이것은 시현지 어린이의 시가 순수한 동심에서 출발하고 있고, 아이들의 삶이 그 안에 고스란히 녹아 있기 때문이다. 또한 사물을 관찰하고 생각하는 힘이 탄탄해 시가 될 만한 씨앗을 찾아내고, 거기에 독특한 상상력을 덧붙여 한 편의 시를 완성시키는 능력이 뛰어나다. 그래서 어른들이 동심을 흉내 내어 쓴 동시와는 큰 차이가 있다.

물론 시집에 실려 있는 시의 수준이 전체적으로 고르지 못하다는 아쉬움이 있다. 그것은 현지 어린이가 오랜 기간에 거쳐 써 온 시들을 이번에 시집을 엮으며 한데 모아 놓았기 때문이다. 하지만 오늘의 내가 있는 것은 지금과는 다른 어제의 내가 있었기에 가능했던 것처럼, 시현지 어린이에게는 조금 부족하더라도 이 시집에 실려 있는 모든 시들이 그 나름의 가치가 있다고 생각된다.

추억은 인간을 사람으로 만든다는 말이 있다. 이 말은 사람에게 있어 추억이 얼마나 소중한 것인지를 가르쳐 준다. 실제로 어렵고 힘들 때마다 어린 시절의 아름다운 추억을 떠올리면 마음이 즐거워지곤 한다. 그런 점에서 꼬마 시인 시현지는 분명 행복한 어린이라고 할 수 있다. 그리고 앞으로 더욱 행복할 것이라 믿는다. 왜냐하면 일찍이 자신이 지닌 시적 재능을 발견하고, 그 재능을 발전시켜 이처럼 아름다운 추억들을 많이 만들어 냈기 때문이다.

－『욕심쟁이 항아리』해설, 2010년

새로움과 완숙함이 어우러진 동시의 세계

－제5회 푸른문학상 동시집『마트에 사는 귀신』[1]

1. 저마다의 개성을 지닌 시인들

『마트에 사는 귀신』은 제5회 푸른문학상 수상작 및 기존 수상자들의 신작을 엮은 동시집이다. 그런 만큼 이 동시집이 갖는 의미는 각별하다. 문학상을 수상한 이들에게는 '시인'이라는 호칭을 부여받음과 동시에 자신들의 작품이 활자화된 첫 동시집이라는 점에서, 독자들에게는 문학성이 검증된 순도 높은 동시를 맘껏 향유할 수 있다는 점에서, 문학 연구가들에게는 이들 신진 시인이 앞으로 펼쳐 나갈 우리 동시의 지형도를 가늠해 볼 수 있다는 점에서 그 나름의 가치를 지닌다.

이 동시집은 전체 5부로 이루어져 있다. 1부에서 4부까지는 올해 푸른문학상 수상자인 시인 네 명의 동시 53편이 실려 있으며, 5부에는 이전 수상자인 여덟 시인들의 동시가 각각 두 편씩 모두 16편이 실

---

1 푸른책들, 2007.

려 있다. 그래서 개인 시집처럼 시인 각자의 관심과 개성을 온전히 파악하기에는 미흡한 점이 있지만, 반면에 자신만의 언어로 독특한 시 세계를 열어 가고 있는 여러 시인들의 면면을 일거에 살펴볼 수 있다는 장점이 있다.

실제로 이 동시집에 수록된 시인들의 작품을 보면 저마다 고유한 색깔과 감각으로 기존 동시와는 또 다른 재미와 감동을 선사한다. 조금 설익은 듯하면서도 신인다운 패기가 돋보이는 작품들에서부터 신선함은 덜하지만 오랜 필력으로 다져진 완숙미가 물씬 배어 나오는 작품들까지 다양한 시 세계를 보여 주고 있다. 이것은 신인은 물론 기성작가에 이르기까지 폭넓게 응모 자격을 주는 푸른문학상 제도와 깊은 관련이 있는데, 이번 수상자들의 경우만 하더라도 대부분 이미 신춘문예 및 기타 문예지를 통해 문학적 기량을 인정받은 전력을 소유하고 있다.

그때문에 기존 동시와는 다른 파격적인 모습을 기대하는 독자라면 이 동시집이 다소 아쉽게 느껴질 수도 있을 것이다. 그러나 우리 동시가 그동안 독자들로부터 외면당한 것이 어떤 기법상의 문제라기보다는 소통의 부재에서 비롯된 점을 감안할 때, 이들 동시는 상당 부분 그러한 문제점을 극복함으로써 기존의 동시들과는 많은 차이가 있다. 그런 점에서 비록 파격적이지는 않지만, 새로움과 완숙함이 절묘하게 배합된 이 동시집은 새로운 기대를 불러일으키기에 충분해 보인다.

2. 발랄한 상상력과 동화적 사고의 미학

한선자 동시의 아름다움은 무엇보다도 경험적 사실의 허를 찌르는 발랄한 상상력에 있다. 그의 동시는 참신한 소재나 화려한 기교 등을 찾아보기 어렵다. 그러면서도 읽다 보면 절로 고개를 끄덕이게 되는데, 그것은 비슷한 경험을 공유한 데서 오는 동질감에서 비롯된다. 평소 잘 다니던 슈퍼의 주인 아줌마가 자기 딸과 시적 화자가 한 반인걸 알고 아는 척을 하자 "나를 아는/코끼리 슈퍼 아줌마/내 공부 실력도 다 알겠다"(「단골」 부분) 싶어 그날 이후로 단골을 바꿔 버리는 아이의 모습과 "붕붕 카를/탈 때마다/붕, 붕, 붕/내 입에서/자꾸/꿀벌이나온다"(「벌」 부분)라는 표현처럼, 그의 동시는 누구나 한 번쯤 경험하고 상상해 보았음직한 일을 재현해 냄으로써 짙은 공감대를 형성한다.

그와 더불어 그의 동시는 아이들의 동화적 사고를 잘 포착해 낸다. 동화적 사고란, 유년기 아이들에게서 흔히 볼 수 있는 일반적인 특징으로 어떤 현상에 대해 스스로 묻고 답하는 것을 말한다.

우리 엄마 나더러
몸에 좋은 콩 좀 먹어라,
매일 노래 부르신다
나는 그 콩 골라 내는데
도사가 다 되었다

마침 콩을 만났으니
담판을 져 보자고

뚫어져라 콩을 노려보았다
고 작은 콩도 나를 노려보았다

콩이 내게 말했다
어쩔 건데? 어쩔 건데?

-「검은 콩」 부분

이 동시는 콩을 먹기 싫어하는 아이의 심리를 섬세하게 그려 내고 있다. 콩이 몸에 좋다며 먹기를 강요하는 엄마와 그에 대항하는 아이의 모습은 어느 집에서나 볼 수 있는 한 장면이다. 그럼에도 이 동시가 주는 묘미는 "마침 콩을 만났으니/담판을 져 보자고/뚫어져라 콩을 노려보았다/고 작은 콩도 나를 노려보았다"에서처럼 화자인 아이가 콩과의 지긋지긋한 싸움을 통해 만들어 낸 상상에서 나온다. 특히 마지막 연의 "콩이 내게 말했다/어쩔 건데? 어쩔 건데?"와 같은 진술은 아이에게 콩이 얼마나 얄미운 존재인지를 짐작하게 한다. 이처럼 아이들은 자신이 경험한 소소한 일들조차 동화처럼 만들어 내는 능력을 가지고 있다. 그리고 자신이 만들어 낸 그와 같은 동화적 세계 속에서 마음의 위안을 찾는다.

한선자의 동시는 대체로 이러한 아이들의 특징을 문학적으로 잘 형상화하고 있다. 이것은 그녀의 시선이 아이들의 삶에 밀착해 있으며, 평소 아이들에게 깊은 애정을 갖고 있다는 것을 말해 준다. 그래서 동시인들이 쉽게 빠지기 쉬운 교훈조의 설교나 가식적으로 그려 낸 동심과는 거리가 먼, 진실한 아이들의 세계를 충실하게 그려 내고 있다.

그만큼 그의 동시는 독자에게 가까이 다가갈 수 있는 가능성이 높다. 그러나 프란치스카 비어만의 동화 『책 먹는 여우』(주니어김영사, 2001)를 소재로 책 읽기를 싫어하는 아이의 모습을 그린 동시 「창피한 비교」와 과일 가겟집 아이 정아를 노래한 「정아의 꿈」과 같은 동시는 아이들의 보편적인 경험이나 정서와는 조금 동떨어져 있어 소통하는 데 다소의 어려움이 있을 것으로 보인다.

3. 말놀이와 상상력이 빚어낸 즐거움

문학의 기능에 대한 관점은 크게 두 가지로 나뉜다. 하나는 독자들을 즐겁게 해 주는 역할을 해야 한다는 입장이고, 또 다른 하나는 독자들을 가르치는 역할을 해야 한다는 입장이다. 그런데 사실 이들은 각기 별개의 것이 아니라 종합적인 것으로 이해되어야 한다. 그럼에도 유용성을 먼저 생각하는 어른들은 일반적으로 문학에서 무언가 유익한 정보를 기대하는 측면이 강하다. 그에 반해 아이들은 즐거움을 갈구하는 성향이 훨씬 더 강하다. 어른들과 달리 아직 경험이 부족한 아이들에게 이 세상은 넘어야 할 산이 아니라 보물 상자와도 같은 호기심의 대상이다. 하지만 그것을 이해하지 못하는 어른들은 각박한 현실에 매몰되어 아이들이 누려야 할 즐거움을 곧잘 빼앗곤 한다.

박방희의 동시는 그런 어른들에게 반기를 듦으로써 존재하는 듯 보인다. 그의 동시는 한마디로 말해 놀이와 즐거움이 가득한 세계이다. 그리고 그 즐거움은 "그새 언제 먹었나?/눈 깜짝할 새 먹었다./어느새 먹었나?/한 눈 판 새 먹었다."(「새」 전문), "가리가리/왜가리/산 넘고

들 건너/맑은 물 찾아가리./왜가리."(「왜가리」 부분)에서 보듯이 다양한
말놀이로부터 촉발된다. 또한 그의 동시에는 '와르르 와르르', '뾰족뾰
족', '똑똑똑', '쪼르르, 쫄쫄'과 같은 의성어와 의태어가 많이 등장하
는데, 이들은 밝고 경쾌한 분위기를 자아냄으로써 놀이의 즐거움을
한껏 고조시키는 역할을 하고 있다.

    옷을 갠다.
    양말도 개고
    이불도 개고
    빨래도 갠다.
    더 갤 것이 없어
    하늘에 널린
    구름을 갠다.
    구름을 개니
    날씨가 갠다.
    날씨가 개니
    마음도 갠다.

                         -「개기」 전문

    그렇다고 그의 동시가 의미와 상관없이 단순히 말놀이로 끝나는 것
은 아니다. 위 동시에서 보는 것처럼 그의 동시는 '개다'라는 말에 상
상력을 불어넣어 그 의미를 확장시켜 나가기도 한다. 처음에는 '옷,
양말, 이불, 빨래' 같은 사물을 개는 행위를 뜻하는 타동사 '개다'는 곧
'구름-날씨-마음'이 맑아짐을 뜻하는 자동사로 그 의미가 변용된다.
그럼으로써 그저 말놀이에만 그치지 않고 중층적 의미를 확보해 내는

데, 이 동시는 소소한 노동 행위에서 비롯된 즐거움이 흐리고 궂은 날씨 또는 우울하거나 언짢은 마음까지 홀가분하게 만드는 것으로 그 의미가 확장되고 있다. 삶의 건강함이 묻어나는 좋은 동시이다.

또한 박방희의 동시는 "우리 집 거실 벽시계/시계추를 잡고 있으면/똑딱, 똑딱, 똑-/우리 집 시간이 멈추지.//무슨 얘기냐, 하면/좀 더 놀아도 된단 얘기지./시간도 잠재울 수가 있거든!"(「시간 붙잡기」 부분)처럼 놀이에 실컷 빠져들고 싶은 아이들의 마음을 잘 대변하기도 하고, "기차라는 말은/어디 있다가 달릴까./강이란 말은/어디 있다 흐를까."(「말」 부분)처럼 사물에 대한 아이들의 호기심과 상상력을 자극하기도 한다. 어른들에게 놀이란 휴식과 오락을 의미하지만 아이들에게 놀이는 즐거움이자 세계에 대한 정보를 획득해 가는 중요한 수단이란 점에서, 그의 동시는 놀이의 즐거움과 더불어 교육적 기능까지 훌륭히 수행하고 있다. 그러나 「수영장에서」, 「콩나물의 노래」 등의 동시는 이미 빈번히 다루어져 온 소재라 다른 동시에 비해 재미와 감동이 상대적으로 덜한 편이다.

4. 소박하면서도 의표를 찌르는 통찰력

이옥용의 동시는 이번에 함께 문학상을 수상한 다른 시인의 동시와는 사뭇 다른 모습을 띠고 있다. 이 동시집에 실린 14편의 동시 가운데 9편이 단연으로 이루어졌을 뿐만 아니라, "엄마는 국이 심심해서 소금을 넣고/이야기꾼은 심심해서 이야기를 만들었다."(「심심」 부분)에서 보는 것처럼 그의 동시는 시보다는 산문에 더 가까운 형태를 띠고 있다. 그런 까닭에 그의 동시에서는 시의 본질적 특성인 언어의 절제 및 압축미를 찾아보기 어렵다.

그럼에도 그의 동시는 읽는 재미가 쏠쏠하다. "시인의 임무는 실제로 일어난 일을 이야기하는 데 있는 것이 아니라, 일어날 법한 일, 개연성 또는 필연성의 법칙에 따라 가능한 일을 이야기하는 데 있다"[2]는 말처럼, 그는 실제로 경험하거나 인식하지 못했지만 '그럴 수도 있겠구나.' 싶은 일들을 동시에 담아내는 특별한 능력을 가지고 있다. 그래서 그의 동시는 화려하지는 않지만 독자의 마음을 빨아들이는 묘한 매력을 지니고 있다. "먼지가 사뿐 발레를 하다 다리가 아파/가구에 골고루 사이좋게 내려앉았다."(「심심」 부분)나 "일기장을 새로 샀다./아주 멋진 내용을 쓰겠다고 다짐했는데/언니랑 싸우고/엄마한테 야단맞은/이야기를 쓰고 말았다./새 일기장은 정말 산뜻하게 시작하고 싶었는데……."(「새 일기장」 부분)와 같은 표현은 그 대표적인 예이다.

> 다락 귀신과 옷장 귀신은
> 상희가 귀신 생각을 할 때마다
> 쑥쑥 키가 크고 퐁퐁 살이 쪘다.
> 그런데 컴퓨터가 이 집에 들어오면서
> 쪼글쪼글 오그라들었다.
> 두 귀신은 날을 잡아 컴퓨터한테 가 보았다.
> 상희는 귀신도 알아보지 못하고
> 컴퓨터 게임을 하고 있었다.
> 상희의 눈과 집게손가락이 너무 무서워서

---

2 아리스토텔레스, 천병희 옮김, 『시학』, 문예출판사, 63쪽.

두 귀신은 손 붙들고 도망갔다.

―「컴퓨터 게임」 전문

게다가 그는 거기에서 그치지 않고 위의 동시에서처럼 반문명적인 자신의 관심사를 살포시 포개 놓는다. 이 동시에서 시인은 "다락 귀신과 옷장 귀신은/상희가 귀신 생각을 할 때마다/쑥쑥 키가 크고 퐁 퐁 살이 쪘다/그런데 컴퓨터가 이 집에 들어오면서/쪼글쪼글 오그라 들었다."는 말로 아이들의 무한한 상상력이 컴퓨터라는 문명의 이기로 인해 훼손되고 있음을 안타까워하고 있다. 상상력은 눈에 보이지 않는 것을 떠올리는 능력으로 창조력과 직결되는 미래지향적인 사고 작용이다. 상상력이 풍부한 아이는 그만큼 자신의 삶을 풍요롭게 개척해 나갈 수 있게 된다. 그러나 오늘날 아이들은 지나치게 감각적인 영상 매체에 많이 노출됨으로써 정작 그와 같은 소중한 능력을 잃어버리고 있다. 이 동시는 은연중에 그것을 일깨우고 있다. 이러한 사실은 이솝우화에 나오는 '두루미와 여우 이야기'를 패러디하여 환경 의식을 고쳐시키고 있는 동시 「고양이들과 구름들」에서도 거듭 확인할 수 있다.

이처럼 이옥용의 동시는 소박하면서도 독자들의 의표를 찌르는 통찰력을 겸비함으로써 또 다른 재미와 감동을 준다. 문학적 감동은 서로 비슷한 경험을 공유하는 데서 비롯된다고 할 때, 그의 동시는 누구나 경험했으면서도 의식하지 못했던 혹은 앞으로 한 번쯤 경험해 봄 직한 일들을 소재로 하고 있다는 점에서 더 많은 재미와 감동을 줄 수 있을 것으로 보인다. 다만 앞서 언급한 바와 같이 언어를 다루는 기술적 측면은 좀 더 고려해 봐야 할 필요가 있다고 생각된다.

5. 다양한 사물에게 말 걸기

언어예술로서 시의 미덕은 절제된 언어들이 서로 잘 어울려 빚어내는 함축적인 의미에 있다. 그때문에 흔히 시인을 '언어의 마술사'라고 부르기도 한다. 이것은 시인이라면 누구나 기본적으로 언어를 효율적으로 부릴 줄 아는 능력을 지녀야 하며, 좋은 시는 언어가 가진 여러 가지 기능을 두루 포괄하고 있어야 한다는 것을 알려 준다.

박영식은 언어를 다루는 솜씨가 탁월한 시인이다. 그의 동시는 전체적으로 깔끔하다는 인상을 준다. 이것은 오랫동안 시조를 써 오면서 다듬어진 그의 조어 능력이 동시에도 그대로 반영되고 있기 때문이다. 그의 동시를 보면 적당한 장소에 그에 꼭 맞는 시어들이 자리잡고 있어 전체적으로 안정감을 줄 뿐만 아니라 더욱 선명한 이미지를 만들어 낸다. "마당가에/수북이 쌓인 고추에서/불씨가 살아나/지붕까지 번져갔어요.//온 동네가 환하도록/벌겋게/고추 불길에 휩싸인/우리 집."(「고추 따는 날」 부분)이나 "징소리/북소리로/달을 어우르면/둥근 흙달의 혼을 어우르면/달은 슬그머니/가마 속 불길을 타고/둥둥 하늘로 떠오른다."(「달항아리」 부분)와 같은 공감각적 울림이 강한 표현들은 언어를 다루는 그의 솜씨가 예사롭지 않음을 잘 보여 준다.

이러한 탄탄한 기본기를 바탕으로 그는 우리 주변에 존재하고 있으나 그다지 주목을 받지 못했던 다양한 사물들에게 말 걸기를 시도하고 있다. 그의 동시에는 사람보다는 '나무와 매미', '죽순', '작설차',

'목어', '꼬마 동박새', '노랑부리저어새', '오리모양토기', '달항아리' 같
은 사물들이 주체로 등장한다. 그래서 아이들에게 들려주기 위해서
쓴 것이 아니라 불특정 다수를 겨냥하고 있다는 인상을 주기도 한다.
이 점은 그의 동시가 보다 폭넓은 독자층을 형성할 수 있다는 긍정적
인 측면과 자칫 아이들과의 소통의 부재를 낳을 수도 있다는 부정적
인 측면을 동시에 안고 있음을 말해 준다.

옛날
불을 소중히 다루었던
아주 옛날,
원시인들이 숫돌에 돌을 갑니다
돌칼이 되어라, 쓱싹쓱싹
돌도끼가 되어라, 쓱싹쓱싹
오래오래 숫돌에
단단하고 야무진 돌을 갑니다
예쁘지만 날카로운
돌칼, 돌도끼, 돌화살촉
물 머금어 반짝반짝 빛이 납니다.
─「반구대 암각화」 부분

그것은 자연 및 전통으로부터 단절되고 있는 요즘 아이들에게 자연
의 소중함과 더불어 살아가는 삶의 이치를 알려 주고자 하는 시인의
의도에서 비롯된 것이 아닌가 싶다. '선사인의 그림일기'라는 부제가
달려 있는 위의 동시 역시, 얼마 후면 댐이 건설되어 사라지게 될 선
사시대의 유적인 '반구대 암각화'에 새겨진 옛 사람들의 생활상을 노

래로 담아내고 있다. 물질문명의 발달로 인해 점점 사라지고 소외되고 있는 자연과 전통을 회복시키려는 시인의 의지가 물씬 배어나는 작품이다. 이처럼 박영식 동시의 특징은 우리 주변에 존재하는 다양한 사물들에게 말 걸기를 시도하고 그것들에게 생명의 숨결을 불어넣는 데에 있다. 이러한 작업을 통해 그는 독자들에게 자신의 주변 것에 대해 관심과 애정을 갖게 만든다.

6. 변화된 시대에 동시가 나아갈 길

정신적 가치보다 물질적 가치가 더 우선시되는 시대를 맞아 개개인의 의식 또한 전면적인 변화를 맞고 있다. '문학의 위기'라는 말에 잘 집약되어 있듯이 오늘날의 사회는 지나친 물신주의로 치닫게 되면서 더욱 혼란스럽고 비인간적인 상황을 낳고 있다. 여기에 좀처럼 예측할 수 없는 미래와 과도한 생존 경쟁으로 말미암아 시간이 흐를수록 사람들의 정신적 여유로움은 더욱 고갈되어 가고 있는 실정이다. 이는 아이들이라고 해서 예외는 아니다. 한창 신 나게 뛰어놀아야 할 나이에 일찌감치 경쟁에 내몰려 어른들보다 더 바삐 하루하루를 보내느라 아이다움을 잃어버린 그들의 모습을 보면 안쓰럽기 그지없다.

이러한 시대일수록 아이들의 정신적 가치를 드높이는 동시의 필요성이 디 절실히 요구되지만 사실 현실은 그와는 정반대이다. 이것은 과학 기술의 발전에 힘입어 다양한 매체들이 등장하면서 과거 문학이 차지하고 있던 자리를 잠식한 결과이기도 하지만, 우리 동시가 그처럼 변화된 시대에 맞는 문학적 양식을 만들어 내지 못한 탓도 크다고 말할 수 있다. 시대가 변하면 그 구성원들의 삶의 양식이며 관심사 또한 변화하게 마련이다. 그럼에도 불구하고 그동안 우리 동시는 작가의 자기만족적 태도를 고수하거나, 특정 이데올로기에 천착해 스스로 고립을 초래한 면이 적지 않다.

그런 면에서 『마트에 사는 귀신』에 실려 있는 네 명의 새로운 시인들의 동시와 이 글에서는 거론하지 않았지만 나머지 여덟 명의 시인들의 동시는 오랫동안 침체기에 빠져 있던 우리 동시가 나아가야 할 방향을 어느 정도 제시해 주고 있다고 생각된다. 우선 이들 동시는 무엇보다도 요즘 아이들의 정서와 교감할 수 있는 요소를 지니고 있다. 앞서 살펴본 것처럼 이들 동시는 각각의 뚜렷한 색깔과 감각으로 다문화 시대의 아이들의 삶과 유리되지 않은 동심의 세계를 잘 담아내고 있다. 또한 여러 가지 시적 방법을 동원해 원활한 소통을 모색함으로써 독자인 아이들에게 성큼 다가설 수 있는 가능성이 많아 보인다.

물론 이러한 예단이 적중할지 현재로선 알 길이 없다. 다만 이들 시인이 지금과 같은 문학적 열정을 유지하고 보다 적극적인 자세로 아이들의 말에 귀를 기울여, 그들의 고단한 마음에 잔잔한 즐거움을 주는 동시를 생산해 낸다면 전혀 불가능한 일만도 아닐 것이다. 이것은 앞으로 이들 시인들이 지속적으로 풀어 가야 할 과제이기도 하다. 따라서 지금의 자리에 만족하지 말고 더욱 노력해서 우리 동시의 지평을 보다 더 풍요롭게 가꾸어 갔으면 하는 마음이 간절하다.

－웹진 〈동화읽는가족〉 2007년 겨울호

찾아보기

찾아보기

푸른문학상 수상 동시집을 읽어 보세요!

작은도서관 ⑲

강아지 우산 나와라

수상자 | 김 영, 김용삼, 이묘신, 정연철

표제작 「강아지 우산」을 비롯해 김영, 김용삼, 이묘신, 정연철 등 제3회 '푸른문학상' 수상자 4인의 동시 48편이 실려 있다. 따뜻하고 아름다운 마음이 동시에서 전해진다.-〈한국일보〉

★ 한우리독서문화운동본부 권장도서

작은도서관 ㉕

방귀 한 방

수상자 | 이옥근, 유은경, 조향미, 이정림

뚜렷한 목소리를 내는 개성 강한 네 시인의 시가 어울려 읽는 이에게 새로운 울림을 안겨 준다. 또 시의 느낌과 걸맞은 따뜻한 색채의 그림이 곁들여져 동시를 읽는 맛을 더한다.-〈소년한국일보〉

시읽는가족 3

마트에 사는 귀신

수상자 | 한선자, 박방희, 이옥용, 박영식

신인상 수상자 4명과 초대시인 8명이 쓴 톡톡 튀고 재미있는 동시 69편!-〈소년조선일보〉

어린이 눈높이에 맞는 발랄한 재치와 싱그러운 상상력, 혀끝을 간지르는 리듬감이 어우러진 동시가 가득 실렸다.-〈소년한국일보〉

★ 한우리열린교육 필독도서
★ 소년조선일보 추천도서